I0825717

Residencia en Nueva York Cuentistas Hispanos en (de) Nueva York

Editores:
Elssie Cano
John Estrada González
José Jesús Osorio
Jesús Bottaro

Nueva York, 2021

Title: *Residencia en Nueva York: Cuentistas Hispanos en (de) Nueva York*

ISBN-13: 978-1-952336-10-2
ISBN-10: 1-952336-10-4

Design: © Artepoética Press
Cover Images: Ángel García & Elssie Cano ©
Editor in chief:
E-mail: carlos@artepoetica.com
Mail: 38-38 215 Place, Bayside, NY 11361, USA.

Contenido

Cuando quiero escribir algo es porque siento que eso merece ser contado. Más aún, cuando escribo un cuento es porque a mí me gustaría leerlo.

Gabriel García Márquez

La fotografía y la escritura son un intento de captar los momentos antes de que se desvanezcan.

Isabel Allende

Una historia es, en definitiva, una conversación entre quien la narra y quien la escucha, y un narrador solo puede contar hasta donde le llega el oficio y un lector solo puede leer hasta donde lleva escrito en el alma... Eso y la esperanza que todo hacedor de cuentos lleva dentro: que el lector haya abierto su corazón a alguna de sus criaturas de papel y le haya entregado algo de si mismo para hacerla inmortal, aunque solo sea por unos minutos.

Carlos Ruiz Zafón

La noche se ha vuelto tan concurrida y yo, siendo alguien que no es de acá, veo todo con un matiz de viento que pasa. Se te acercan, ellos, desde lo desconocido y preguntan "¿Vienes de allá? "Si" respondo, como si estuviese incompleto, como si aún hubiese una parte de mí por llegar.

Juan José Rondón Duque

Introducción

Bien sea que narren contando o cuenten narrando, quienes integran esta antología viven en el Estado de Nueva York y así parecen volver, de manera especular, sobre el título del cuento de Gustavo Arango, "La unidad". A veces, esta antología se mueve a tono con la historia de Rocío Uchofen, "El laberinto de Wen Wu". Otras veces suenan las palabras de "Reencuentro", el relato de Luis Antonio Rodríguez. De manera peculiar, las historias citadinas, "Selva metálica" de Elssie Cano y "Deliverando groceries" de Carlos Aguasaco no resultan extrañas a nuestro diario caminar. Otro día encontramos los rostros y voces de "Wall Street", es el relato de José Luis Reyes; pero en dirección opuesta está la historia de Edgar Smith, "Universo paralelo". Todas ellas narran vidas de quienes pasan los días en el trasiego de residir en estas latitudes. La búsqueda siempre justificada de quien quiere algo mejor para sí, tan típica de una ciudad con inmigrantes de casi todo el mundo, hace de la contribución de Diego Rivelino, "El actor"; el personaje que se lleva dentro cuando se vive en una ciudad como Nueva York. Acaso al leer el relato de Keiselim Montas, "Sin lágrimas", nos encontramos con una historia que muy bien habla en nombre de muchos.

Nada más conveniente que ir también tras narraciones en otras tierras y por qué no en diferentes tiempos, recrear historias contadas; es el caso del relato de Marithelma Costa, con su "Flautista de Hamelín." ¡Qué no decir de "El toro en la plaza de La Tulia"!, el relato de José Osorio. Esas dos últimas historias acompasan leyendas que viajan boca a oído a través del tiempo; tal como también acontece cuando leemos "Mujer decapitada" de Alejandro Varderi; nadie mejor que él lo pudiera decir. En algún lugar habita también "Paradise", el cuento de Lea Díaz que nos recuerda un comienzo y un fin fuera de la historia como si se tratara de empezar desde la nada; Nada menos así lo colegimos de "Polvo iluminado", la contribución de Silvio Martínez a esta antología. El valor de lo contado, tal como acontece en el relato "Secundina Reyes", de Pedro Santana tiene también el sabor de tierras lejanas y de los años en los que transcurrió nuestra infancia.

El lugar para un relato como "Decapitados" de Carolina Chávez despierta reflexiones que acaso se hayan escuchado en las oralidades de nuestros pueblos. Un mundo en el que siempre hay algo qué contar. Es entonces comprensible que nos encontremos con la contribución de Jacqueline Herranz, "La Rematriación de Sana Rabia", un cuento que nos familiariza con historias que aquí leeremos.

Las posibilidades de encontrar en todo lo humano múltiples conjeturas y de volver sobre lo acontecido, añade a nuestras vidas dimensiones para pensar, y así lo encontramos en esta antología. La narración de Juana Ramos, "Don Lalo", habla por otras voces y así encontraremos también, "Troupe", de Linda Morales Caballero, una historia que recorre horizontes poéticos. Resulta explicable al leer "Un chop chop diabólico" de Carmen Mata, que haya una multiplicidad de historias vividas que están en nosotros y los otros. Esas historias nos permiten vislumbrar, tal cual lo hace Myrna Nieves en su cuento, "Mi bola del mundo", una narración que encarna nuestro poder imaginativo.

El relato de Angel García, "La vagina del fin de mundo" nos suspende de repente en las posibilidades de la fantasía. De igual manera acontece con "Dia X", de Carlos Velásquez o "El hoyo" de Kianny Antigua. Cuentos que nos detienen por un momento y recuerdan que la literatura es una actividad hecha por seres humanos. Lo que se narra se hace de tiempo y palabras; es lo que permite el ritmo a la narración de Héctor Alves, "Karma", recrear momentos y días en los que la vida ha hecho de cada uno alguien diferente. No podría ser de otra manera al leer de Juan Tineo, su relato, "El celaje", donde el juego con imágenes recorre el universo hecho de tiempo que dura más que las palabras. En otra variante está también el encuentro con la sorpresa y así lo leemos en el relato de Jesús Bottaro, "El libro rojo de Mao". El aporte de Isaac Goldemberg, "Fábula del bien", una fábula, fue una contribución sorpresiva que acogimos con gozo esta antología.

Quien ostenta el título de reina actúa acorde con él, solo que esta vez se trata de "La reina de las manías", el cuento de Sonia Rivera. Como si una reina a la vez fuera también una historia de niña, "La muñeca que camina", de Margarita Drago, nos habla de continuidades temáticas que dan vida al pequeño universo en el que empezamos a morar desde la infancia y ahora habitamos con residencia en Nueva York. No es ajeno a lo que hemos vivido, leer la historia de Omelino Bermúdez, "Espero por Helena". También el aporte de Miguel Falquez, "Cuando sientes el llamado", amplía el mundo leído. Son episodios que marcan la vida a un ritmo de veinticuatro horas; y al multiplicarse por los años son el producto de una vida entera. Nos hacemos distintos y por ello nos iguala que aún tenemos la vida. Con apego a todo lo vivido vamos a encontrar la historia de Laura Sabani, "Descenso", ya de alguna manera, aunque paradójica, recordándonos que hemos estado arriba, pero ¿qué es arriba y abajo en el universo? La narración pausada de Esteban Escalona, "Es sólo cosa de actitud" marca el compás de los mismos motivos que hacen la vida personal y a la vez constituyen el mundo social en el que vivimos. Mario Moreno nos ha aportado una historia que recoge preocupaciones actuales de nuestro mundo: cuidar la casa de todos. En "Musgo" da voz a los árboles para que desde dentro nos cuenten desde el verde de la Tierra.

Con estas contribuciones queremos entregar la alegría de leer, como un acontecer en estos días en los que nos visitaron fantasmas que creíamos de un mundo medieval y que nos habitan, residen en Nueva York. Nuestro trabajo contó con el don de Elssie Cano, su carisma personal, y "estirando el sombrero", consiguió los fondos de personas generosas que hicieron posible esta antología; no se qué podría ser más alto que decirle gracias.

Fue este el trabajo de los editores para todos los lectores de esta antología.

John Jaime Estrada González
Nueva York, Septiembre de 2021.

Preámbulo

Podríamos decir que para el mundo literario hispanoamericano Nueva York es un centro poético. La poesía es la protagonista en todo evento cultural, domina el escenario de festivales, ferias, lecturas y encuentros tanto presenciales como virtuales. La idea de elaborar una antología de cuentistas radicados en Nueva York nace al atestiguar la gran difusión poética y consecuentemente la necesidad de crear un espacio donde, de alguna manera, mostrar el trabajo de los narradores, celebrar la ficción, la fantasía, el talento y la creatividad de nuestros autores. Además, continuar con la larga tradición hispanoamericana de la narrativa corta y rendir homenaje a celebrados cuentistas como Horacio Quiroga, Jorge Luis Borges, Julio Cortázar, Isabel Allende, Juan Rulfo y Juan José Arreola entre otros.

El paso inicial fue compartir la idea de este proyecto con el profesor Carlos Aguasaco, editor de Artepoética Press. Aguasaco consideró magnífico convocar a los narradores hispanos residentes en Nueva York y presentar sus historias en una antología. Aguasaco se comprometió a respaldar el proyecto con la publicación de la obra. Entusiasmada con la idea encontré oportuno la formación de un equipo de editores. El siguiente paso fue poner en conocimiento del plan a tres distinguidos amigos: John Estrada González, Jesús Bottaro y José Osorio, académicos y miembros del colectivo editorial de la revista literaria *Hybrido*, e invitarlos a formar parte del ambicioso proyecto.

Una vez conformado el equipo editorial de ***Residencia en Nueva York/ Antología de cuentistas hispanos en Nueva York*** nos entregamos a la tarea de elaborar una convocatoria que señalara los requisitos buscados, entre ellos la libre elección del tema de parte de los autores. La invitación enviada a cincuenta y dos reconocidos narradores en el ambiente literario newyorkino fue aceptada por cuarenta y un cuentistas originarios de los diferentes países de Centro y Sudamérica.

La lectura y luego la selección de los textos que formarían parte de la antología exigió a los editores semanas de arduo trabajo. La selección fue realizada tomando en cuenta que los textos cumplieran con los requisitos exigidos, que la presentación del material fuera adecuada y por supuesto respetando el proceso creativo y calidad de la obra. El orden en que aparecen en la antología fue decidida al azar.

En ***Residencia en Nueva York / Antología de cuentistas hispanos en Nueva York*** presentamos treinta y cinco cuentos que muestran el dominio creador de sus autores. Así, cumplimos con el reclamo de los que nos dedicamos al oficio de la ficción, a la composición de un cuento. Esperamos que la lectura de estos cuentos sea placentera, que nuestros narradores obtengan el merecido reconocimiento como dignos representantes del talento hispano en el panorama literario newyorkino. Asimismo, aspiramos a que la antología llegue a convertirse en texto requerido en escuelas y universidades.

Elssie Cano
Nueva York, Septiembre de 2021.

Tábula gratulatoria

Woodside Medical Practice. Doctor Rafael Rodríguez y Fausto Rodríguez.

JCL Medical P.C. Doctora Jeannette Cano.

Three J´s Pharmacy, Inc. Roger Fernández.

Lorena Espinosa y Paul R. Espinosa.

Opthalmology Specialists of New York. Doctor Juan Horta Santini.

A las personas e instituciones que ellos representan nuestros agradecimientos por el aporte a la publicación de esta antología. Nuestro reconocimiento y los mejores deseos en el campo de sus vidas y negocios.

El libro rojo de M.A.O.

Jesús Bottaro

Debo decir que esto es un diario; y es que si no lo digo cómo se va a saber "cuando ya ni cristo exista" (como dice el abuelo Tatáro) que este cuaderno empastado es un diario sobre cosas que me pasan y me han pasado en mucho tiempo. También hay historias de mis amigos de escuela, mi familia y otro montón de gente del barrio. Aquí hay cuentos de muchos, pero de muchos años, cuando mamá era pequeña y vivía con mi abuela Fita en las playas de Tácate.

Mi abuelita y mamá hablan mucho de su pueblo y yo oigo, pero no repito nada. «No repitas nada, no digas ni una palabra de lo que hablamos, todo lo que se dice aquí es secreto de familia y nadie puede saberlo» advertía mamá. Yo decía "sí" con la cabeza y así lo hice hasta hoy; pero ahora soy grande, y mi madrina Rosangela me regaló de cumpleaños este libro de tela roja con la palabra diario en letras de oro estampadas al frente grandotas y torcidas.

Las cosas de cuando era un chirripioco de pequeño, y no hablaba con palabras, las puedo contar porque me las contaron o las oí por casualidad. Con mi capa invisible me escondo debajo del mantel de cuadros blancos y rojos de la mesa de la cocina de Mamá. Misia Justina, la señora Pepita o doña Josefa, y un montón más de gente llega de visita y yo me escondo. Se entretienen hablando de cualquier cosa, más que nada de lo que le pasa a otra gente.

Nunca se dan cuenta que estoy jugando al Súper Espía Escarlata debajo de la mesa. Las visitas siempre son de tarde, cuando el sol da de lleno sobre la cocina. A través de los cuadritos del mantel oigo sus voces y veo las sombras de los gestos de las manos proyectadas sobre la tela por la luz intensa. A esta hora la cocina se mantiene tibia y eso me gusta también. Cuando se levantan y caminan a buscar agua, a lavar una taza en el fregadero o ver por la ventana, siento estar en una escena de "La princesa raptada", del teatro chino Wom-Wom, que va a la escuela todos los años, pero sin espadas ni dragones lanza fuego.

En mi cabina secreta de comando estratégico no hago ni un ruidito. Me quedo tieso, moviendo los ojos para allá y para acá, o juego sin decir ni pío. No respiro y veo los zapatos de las visitas.

Así oigo un montón de historias. Si lo que oigo me da risa río para dentro y aguanto las ganas de hacer pipí. Algunas palabras me parecen extrañas y algunas otras me dan como miedo en la barriga y me dejan pensando por días y noches. Quizás por el miedo en la barriga es que ahora me acuerdo de todo ese pocotón de palabras de tanta gente que toma café y té de toronjil en la cocina de mi casa con mi abuela, mamá, mis tías y mis hermanas mayores. El olor del café y el toronjil me emborrachaban la nariz.

Tengo que decir que yo no soy tan inteligente como dice la maestra Mercedes y mamá. La idea de escribir de las cosas que recuerdo no fue mía sino de mi madrina Rosangela. Cuando le confesé:

—Pero yo no sé qué cosas voy a escribir en este libro rojo—. Ella me dijo:

—Escribe de las cosas que recuerdas, las cosas de hoy y de antes.

—Tengo que escribir lo que pasa todos los días.

—Escribe todo y de todo, sin importar nada ni nadie. Cuando el sol se levanta y cuando se va a acostar. Cuando la luna se asoma para mirarte y cuando tiene forma de sonrisa en el cielo.

—¿Anotar todo lo que pasó en la mañana, en la tarde y en la noche?

—Y lo que pasa en tus sueños mientras duermes y tus sueños mientras estás despierto.

—¿Y los minutos y las horas en que pasa?

—Sí y no.

—¿Cómo sí y no?

—También puedes escribir lo que no sucede o lo que puede suceder a cualquier hora o minuto o sin horas ni minutos.

—Entonces no necesito reloj.

—Exactamente. Ya verás, cuando escribas manipularás una varita mágica y serás un mago poderoso. Tendrás al mundo en tus manos, lo podrás transformar en un balón y jugar con él si así lo deseas, serás dueño de tu propio universo—. En ese momento mamá gritó, «¡Rosita, ven! Quiero que pruebes el bienmesabe. Está recién hecho» entonces la madrina, acudiendo al llamado, se levantó, me dio un beso de esos que suenan y chupan el cachete y se fue donde mamá que la llamaba desde la cocina. Odio los besos que suenan y chupan los cachetes; pero no se lo digo. ¿Podré escribir esto en mi diario? Tendré que pensarlo.

Toda la tarde la paso comiendo pastel de guanábana y bienmesabe de coco y tomando soda. De vez en cuando miro a los miles de puntitos del techo, sus formas de mapas, sus caminos de tren y me quedo como paralizado mientras repaso las palabras de la madrina. Pero no pienso en el diario, sino en lo que dice mi madrina del mundo como un balón de fútbol, como el globo terráqueo de la maestra Mercedes, y yo dándole cabezazos y tremendas patadas para mandarlo a pasar a toda velocidad entre Marte y Venus para anotar un gol súper galáctico en la arquería de Júpiter.

Al día siguiente me siento en mi cama y saco mi diario para ponerme a recordar cosas y escribirlas como dice la madrina; pero no recuerdo nada. Mentira, sí recuerdo, pero sólo las aventuras del Capitán América del episodio de ayer cuando destruye a los comandos invasores enemigos del planeta. Y aunque me gustó mucho ese episodio, ya se lo conté a la abuela y no quiero volver a contarlo.

De repente recuerdo que puedo hacer como el loco Juan Cristóbal, el hijo de la señora Tovar, los que viven en el número 28, el que siempre anda con una caja de cartón gigante en la cabeza, de esas donde vienen las cajas más pequeñas de jabón de lavar, y nadie sabe cómo hace para saludar a toda la vecindad por su nombre sin verlos: Hola Mao y sigue como si nada. Nunca tropieza con nada ni se cae. Camina firme y decidido. Una vez lo intenté con una caja pequeña y en tres pasos ya estaba en el piso. Envidio a Juan Cristóbal. Tiene el poder de ver a través del cartón.

Cuando el loco no hace esto, de caminar con la caja dentro del sombrero gigante, está caminando para atrás y para adelante, al mismo tiempo, mientras dirige el tráfico de autos y personas en una esquina del barrio haciendo sonar a todo pulmón su pito verde de juguete y alzando las manos como un oficial de tránsito. Cuando es oficial de tránsito no lleva la caja y me parece que hace bien porque si no la gente no llegaría a su casa sin chocar los autos. A la abuela no le agrada Juan Cristóbal porque de tanto sonar el pito la deja sorda y con dolor de cabeza. «Ese condenado loco, lo vuelve loco a uno, pobrecito, él no tiene la culpa. Él es feliz con su pito, y una que reviente», se queja la abuela. Pero a mí me gusta Juan Cristóbal y así voy a ir yo en mi escrito, hacia atrás y hacia adelante como lo hace el loco cuando es oficial de tránsito, mezclando lo viejo y lo más nuevo.

Mi madrina me dice que escribir de todo es muy divertido, y así lo voy a hacer, sobre todo ahora que estamos de vacaciones en la playa y no puedo ver a la Princesa Caballero, ni las demás Super aventuras, porque no tenemos televisor.

Yo cumplo años el día trece de septiembre. En la escuela mi amigo Eric, el que tiene el pelo como alambre de púas por más que se peine, dice «El día trece es de mala suerte, un día de brujas y entonces tu cumpleaños es justo un día pavoso. Los peores maleficios de magia negra ocurren ese día» Yo no le hago caso o le suelto «Tú eres un inventador» y nos empujamos a correr en una de nuestras competencias instantáneas de "a que no me alcanzas".

Lo que dice Eric me preocupa y se lo cuento a la madrina Rosangela, pero ella me dice que eso no es verdad, que eso es mentira, que son puras supersticiones y que no se debe ser supersticioso. Que más bien los días trece son los de mayor suerte de los días del mundo. Ella cuenta que una gente que se llaman los Vedas, por allá lejos en la India, juegan lotería y se casan sólo los días trece, pero nadie sabe la suerte del día trece de los Vedas, dice mi madrina.

Yo pienso igual que los Vedas, que seguro ven mucho, y creo que el número trece es muy hermoso y es además, le digo a Eric, un número Súper Transformer. Porque cuando lo pego al uno se cambia en una be mayúscula; y cuando pongo el tres a la izquierda se cambia en una letra "de" con dos barriguitas, es decir, es una doble "d" que cuando la acuestas hacia la derecha se transforma en un trineo de nieve; y cuando pongo el tres como una doble v, con el número uno en el medio, se trasforma en el tridente de Poseidón que es el dios de los océanos del universo. Pero Eric no queda convencido e insiste a gritos «Tu fecha de aniversario es un número de magia negra».

Si dije que mi libro era rojo es porque es así, el libro rojo de MAO, como lo llama mi mamá riéndose cuando lo recoge del piso porque lo dejo en cualquier parte. Si apunté que en la portada tiene escrito la palabra diario es mentira, no la tiene escrita, o mejor dicho, ya no la tiene; con las uñas la raspé tan fuerte y tan seguido que escarapelé toda la pintura dorada y ni el polvo quedó. Ahora sólo le queda la sombra de la palabra; pero de verdad me gusta más con la palabra diario hundida en la tela roja que como estaba pintada antes. Entonces tomé mi marcador negro de punta gruesa, que uso para hacer los bordes de los mapas para la señorita Beatriz, y escribí encima de las sombras de las letras "Diario": "El libro rojo de MAO" que son las iniciales de mi nombre completo: Marco Antonio Ortiz.

Mamá dice que además esta fecha de mi cumpleaños debe ser muy especial, porque el número trece del año dos mil es cósmica. A mí me gusta mucho la palabra cósmica por las cosas de viajes al espacio interplanetario en súper naves que van rapidísimo, pero también me gusta porque se parece a la palabra cómica y me da risa. A Leonardo, mi hermanito menor siempre le digo en broma que él es muy cósmico, pero él no me hace caso y sigue jugando con sus carritos deportivos rojos de doble puerta que son sus favoritos.

Aquí en la costa, el sol calienta la casa y el jardín como un horno gigante, aunque en verdad en el jardín hay más calor y por eso los cangrejos se esconden sin que me den tiempo para cazarlos; y no salen por más que les eche agua en la cueva. Los muy pícaros siempre asoman un ojo, me ven y vuelven a esconderse. El sol brilla tanto que cuando sales de la casa tienes que ponerte la mano en la frente como visera de beisbolista para poder ver a lo lejos Cayo Sal, Cayo Pelón, Cayo Sombrero y al final del mar Cayo Borracho; pero yo no le hago caso al sol y me lanzo a toda carrera a la playa desde muy temprano junto con mis primos hasta que mi abuela nos viene a buscar para comer. Pero antes de comer, anoté en mi libro rojo, quiero escribir sobre mis amigos los espías artrópodos y sus escondites secretos llenos de arena con sus ojos fijos, sus antenas, sus tenazas, propodio, caparazón y sus patas marchadoras. Tengo que pensar qué se proponen hacer cuando caiga la tarde, venga la noche y yo esté ya dormido.

***

Jesús Bottaro es natural de Caracas. Desde 1995 reside en New York donde se deshace y reconstruye como escritor y profesor en The City University of New York (CUNY). Su novela más reciente: *Los manuscritos del Silencio* fue publicada por artepoetica press en el otoño del 2014. En el 2008 Mellen Press publicó su libro de ensayos: *El teatro político en Venezuela.* Es editor fundador de la revista de literatura *Hybrido.* Ha publicado ensayos, poesía y narrativa en antologías y revistas literarias. Recibió un doctorado en literatura hispanoamericana del Graduate Center de The City University of New York y una Maestría de Brooklyn College (CUNY).

El hoyo

Kianny N. Antigua

Durante los días más calurosos de julio, el pueblo fue puesto en estado de alerta máxima debido a la tormenta tropical que se acercaba. Los informes meteorológicos, divulgados a cada momento por los medios de comunicación, pronosticaban lluvias torrenciales. No se equivocaron; en pocas horas el cielo se abrió y derramó sus dos pesos de agua sobre la tierra. Por tres días seguidos llovió y llovió y llovió. Las plantaciones y sembradíos de ají, maíz, fresa, tomate, molondrón, zanahoria, y otras legumbres y frutas que los norteños suelen cosechar durante el verano, se perdieron bajo las aguas. Los girasoles no levantaron la cabeza.

Las casas más cercanas a los ríos se inundaron. Los puentes que no fueron arrastrados por el torrente quedaron destrozados por los árboles más viejos, cuyas ramas y troncos sucumbían ante los fuertes ventarrones y volaban como hojas secas. Hasta los más afortunados miraban, acomodados en sus sofás, presas de pánico, la lluvia caer del otro lado de la ventana. El segundo día de tormenta, junto con la borrasca, sobrevino la oscuridad. Muchos de los tendidos eléctricos corrieron la misma suerte que los puentes tras el paso del viento y el volar de los árboles. Los pocos iluminados entonces se quejaban de que sus teléfonos no tenían señal y de que en sus pantallas de televisión solo se veían puntos grises. Las calles se convirtieron en riachuelos, los riachuelos en cañadas, las cañadas en ríos y los ríos, los ríos eran dioses en furia con hambre de vacas, patos y casuchas.

Cuando los arco iris asomaron y el sol contempló los desastres, las personas empezaron a calcular las pérdidas. Sin puentes, sin luz eléctrica y con una vasta cantidad de calles mordidas, tragadas o inundadas, iban a pasar días para que las autoridades municipales tomaran cartas en el asunto. Era cosa de los que allí vivían sacar al pueblo del fango.

Ni el lodo ni la nube de insectos que brotó tras el torbellino fueron tan de cuidado como el olor a putrefacción que escocía las narices. También estaban los hoyos. Como si en vez de agua hubieran caído meteoritos, algunas calles simplemente aparecieron con grandes agujeros de todos los tamaños y profundidades. Entre las hipótesis que se formularon, ganó la sospecha de que había sido tanta la lluvia y su fuerza, que el agua se había comido la tierra que soportaba el asfalto y a este, convencido por el poder de la gravedad, no le quedó de otra que derrumbarse.

Entre las muchas calles mordidas a dentelladas, causó admiración y no poco asombro un hoyo ancho como una casa y tan hondo como un rascacielos que surgió cerca del río principal y con cuyo nombre, Juna, también habían bautizado el pueblo.

No pasó mucho tiempo para que todos los que allí vivían se enteraran del fenómeno. Como juglares, los primeros que lo vieron se dieron a la tarea de pasar el canto, y luego vinieron otros que siguieron contando, y otros tan hipnotizados que siguieron invitando, y tantos otros idiotizados que ni siquiera ante la magnitud de la rareza creían su existencia.

No importó que los más cautelosos colocaran conos y vallas de colores lumínicos alrededor del foso, para evitar que algún curioso perdiera el equilibrio y, tras la caída, midiera con precisión su profundidad. Por las tardes, las señoras y los veteranos de guerra traían sillas plegables, abanicos de mano y chatas de ron, y se sentaban del otro lado de la calle, a la sombra, mientras los hombres y mujeres más valientes se acostaban boca abajo, a la orilla de la sima, con las cabezas al aire, tratando de adivinar el enigma y buscando en aquella boca de la tierra cercanía con el vacío. Las madres paseaban a los niños en sus coches y, precavidas, les mostraban adónde irían a parar si se portaban mal o no se comían toda la comida. Pronto fue necesario crear un comité para proteger el hoyo de las personas desconsideradas, que no daban tiempo a los demás de admirar el evento, y de los descuidados, que dejaban botellas de plástico, cartas, velas, flores, exvotos, etc., alrededor de aquel santuario. Incluso había que protegerlo de los suicidas que buscaban un lugar extraordinario para matarse.

Día y noche el equipo se turnaba para implantar el orden. Con el tiempo, tuvieron que imponer una tarifa para los adeptos, tanto locales como forasteros, que ya comenzaban a abrirse camino. Hubo quienes pidieron permiso especial y pagaron sumas desmesuradas para casarse junto al hoyo y otros que, anarquistas al fin, evadieron toda clase de precauciones y bloqueos y se lanzaron al abismo, convirtiéndose tras el salto en heroínas y mártires.

Semanas después, habiendo el sol secado los charcos, y tras la reconstrucción de uno de los puentes (necesario para salir de allí a comprar comestible, medicina, provisiones y nuevos granos para la siembra), llegó a la villa el equipo de ayuda designado para la reedificación y reparación de las carreteras. Ya antes, un grupo de pobladores había reparado gran parte del tendido eléctrico y muchos de los teléfonos habían recuperado el tono. El cable, aunque funcional, ya no hacía falta.

Cuando el grupo de protección se enteró del motivo por el cual esos aparatos conducidos por inhumanos, por esas bestias, habían entrado al pueblo, corrieron la voz y pronto todos los pobladores de Juna se reunieron alrededor del Hoyo.

Las madres despertaron a sus bebés de sus siestas y salieron a la calle junto a sus esposos y amantes y padres y abuelos y vecinos. Con el fuego del mediodía quemándoles las sienes, los ojos rojos de rabia y el grito desesperado de algunos niños que aún eran muy pequeños para entender la conglomeración, tomaron la decisión de no permitir el paso a ningún intruso que pretendiera dañar ese hoyo que era tan de ellos, sagrado. Arrogantes, apoyados en un papel que había firmado la justicia y, sobre todo, ignorando el poder, la imantación y la magnificencia de este regalo de la naturaleza, los conductores y sus máquinas de acero se fueron abriendo paso entre la multitud.

Cegados por la soberbia, no notaron que, mientras algunos les dejaban el camino libre para que avanzaran, otros, con sigilo, se subían a las grúas, planadoras, retroexcavadoras... y se les acercaban al cuello como tigres. Para las fieras no fue difícil; para los cervatillos, el dolor fue menor que la sorpresa y la llovizna de sangre cerró el trato.

A modo de ritual o, si se quiere, de independencia, los brazos se elevaron y los cuerpos de los intrusos, chorreando sangre aún, fueron yendo de mano en mano hasta caer y desaparecer. Ahora, era necesario limpiar aquel sacro lugar y llevar a los niños de vuelta a casa para que terminaran su siesta.

***

Kianny N. Antigua (República Dominicana, 1979). Narradora, poeta y traductora. Trabaja como profesora titular de español en Dartmouth College (NH, Estados Unidos). Antigua ha publicado veintiún libros de literatura infantil, cuatro de cuentos, dos poemarios, una antología, un libro de microficción, una novela y una revista. Ha ganado dieciséis premios literarios y sus textos aparecen en diversas antologías, libros de texto, revistas y otros medios. Algunos de sus relatos, además, han sido traducidos al inglés, al francés y al italiano.

El actor

Diego Rivelino

Aquel martes por la noche usted salió de su apartamento camino al bar. En el pasillo se encontró con un hombre a quien creyó no haber visto antes en el edificio. Se saludaron y con la frescura de la informalidad se presentaron con nombre y apellido. Era uno de sus vecinos quien con exagerada hospitalidad ofrecía su amistad y, cuando se enteró que usted era actor se entusiasmó tanto que lo bombardeó con preguntas acerca de la profesión. Usted, sin hacer mucho alarde pero sin caer en la falsa modestia, contestó todo lo que el vecino deseaba saber. El tipo se recostó contra la pared mientras usted hablaba, encendió un cigarrillo y con palabras de cajón le reiteraba su admiración.

Usted sintió resequedad en el paladar después de tan inusitada charla y creyó que una cerveza no le haría mal. Al llegar al bar sintió alivio al ver el establecimiento casi vacío. Solo el cantinero pasando un trapo por la barra, quizás por milésima vez. Se sentó y pidió la cerveza del trébol. El cantinero, a pesar de ser un tipo muy parco, le preguntó por la función del fin de semana. Usted sonrió y le dijo: "tú sabes, todo empieza emulando la realidad y al final se descubre que esa realidad es la mentira". El cantinero lo miró pensando quién sabe qué, sin ninguna expresión en el rostro, cosa muy normal en él, y caminó hacia el otro lado de la barra a colgar las copas de vino. No volvieron a conversar por el resto de la noche. Usted, dosificando el tiempo, se tomó la cerveza del trébol en pausados sorbos, se levantó de la butaca, tiró la mano al aire para despedirse y en voz alta dijo: "hey". El cantinero no advirtió su llamado y esto lo apresuró para marcharse a su casa.

El martes siguiente, cuando usted salió de su apartamento, cerró la puerta pero la dejó sin llave. No fue un descuido, algo en el mecanismo de la chapa había fallado y usted no se dio cuenta. Bajando las escaleras sorprendió al vecino expulsando el humo de un cigarrillo por una de las ventanitas del pasillo. Usted posó expectativo a la misma clase de conversación de la semana anterior, pero el vecino apenas lo saludó con un "hey", mirando el humo batirse en duelo con el viento. Llegó al bar casi a la misma hora de la semana pasada, pidió un trago de aguardiente, agua mineral y dos rodajas de limón, además de su acostumbrada cerveza del trébol. Aún pensando en la inesperada actitud de su vecino se percató de la presencia de un hombre sentado al otro extremo de la barra. El cantinero colgaba las copas y parecía estar muy envuelto en una conversación con este nuevo personaje. Usted ignoró el asunto y lo distrajo el desarrollo de un partido de fútbol brasilero que estaban trasmitiendo por el televisor detrás de la barra.

Era un juego en diferido entre Fluminense y el Flamengo por el campeonato carioca de dos años atrás: El juego se pone interesante. Van cero a cero, Ze Roberto maneja el balón en tres cuartos de cancha, alza la cabeza y cuando ve a Adriano libre de marca le pasa la bola. Adriano recibe dentro del área, hace un amague, engancha, gira el cuerpo y cuando está a punto de patear al arco la imagen se congela. Usted reaccionó pateando la madera de la barra como un movimiento automático y creyó recibir la mirada despectiva del cantinero o del hombre desde el otro lado de la barra. Usted recordó que hacía mucho tiempo Adriano había dejado de ser emperador. El gran Adriano tallado en una moneda siciliana del siglo II extraviada debajo de una piedra en un insondable rincón de Córcega o, en la caótica Río de Janeiro, ebrio y desnudo encima de una garota. Quizás estuviese en un vuelo hacía Milán para cobrar su último cheque y recoger sus trofeos.

Usted regresó a su apartamento y se dio cuenta de su descuido con la cerradura. Seguro que no volvería a pasar, pensó.

Un tercer martes, ¿por qué no? ¿Acaso iba usted a fallar a su cita con el espejo de la barra, con el fútbol, por la falta de carisma de un parroquiano y un cantinero caradura? ¿No es usted más que eso y el mundo que lo rodea? y es así, aunque usted sabe que no le ha ido muy bien en su carrera. La recesión obligó a que sus patrocinadores dejaran de ayudarlo. Usted que aún conserva su buena apariencia y no le hacen falta admiradores, nunca se prostituiría en un canal de televisión, nunca reemplazaría las tablas por el divertido pero mediocre papel de villano en una telenovela. No. Un tercer martes que visite su bar más cercano y crea que no encontrará un sitio más adecuado, por el silencio, porque no se rodearía de aquellos seudo intelectuales que poseen la facultad de dar una opinión seudo interesante acerca de todo. No. Era necesario salir un martes después de un fin de semana tan estresante.

Usted no sabía que lo habían estado observando por un buen tiempo pero cuando miró la pantalla apagada de su televisor le pareció ver algo extraño en aquel hombre que se reflejaba allí. En la mañana de ese martes lo prendió, pero como de costumbre la basura visual se empezaba a acumular entre las sienes a medida que cambiaba los canales como la más perversa farragosidad. Decidió seguir esa pequeña ceremonia diaria como un juego, todo era un juego a fin de cuentas. Dejar correr los canales y vaciarse de los fríos que le aquejaron el espíritu durante el fin de semana, era algo vacío pero terapéutico. Mejor no pensar en eso, mejor despojarse de ideas, de formas, de luces, del olor a madera mojada de sudor después de una escena malograda. Un tercer martes y tal vez volvería a ver a su vecino y quizás, como una manera de acercamiento, le pediría un cigarrillo aunque usted no fuma, y encontraría un amigo en él, y si era posible, le contaría que estaba cansado de ser un actor del montón, que deseaba una vida normal, sin las máscaras; sí, era eso, las máscaras que lo rodeaban le daban asco. Decirle al vecino que la vida de un actor era tan patética como entrar todos los martes a un bar semivacío a ver partidos de un campeonato extranjero de dos años atrás.

De nuevo la puerta quedó abierta a pesar de darle las dos vueltas convenientes a la llave dentro del cerrojo. Otro intento fallido y no supo el riesgo que acarreaba tanta confianza cuando usted ya le había dado la espalda a la puerta. Sintió un olor a mirra que provenía del apartamento de su vecino. Usted siempre ha sido curioso, *usted, como buen actor, es muy consciente de su entorno* y se asomó a la puerta que estaba medio abierta. El vecino lo vio, caminó hacia la puerta y la cerró en su cara. Usted escuchó cómo ponía el seguro y la cadena. No era la primera vez que usted conocía a una persona desquiciada y anticipó el encuentro con el cantinero y el personaje desconocido del martes pasado.

El bar lleno de gente le pareció grotesco. Una mujer con un descomunal escote asistía al cantinero. En la pantalla el mismo partido de fútbol, cero a cero de nuevo. El pesado emperador desbordaba por el flanco izquierdo, pero nada. Intentaba esquivar rivales afuera de las 18 con 50 y nada. Usted esquivó los suyos para llegar a la barra. Recordó que era fin de mes y que probablemente era un día feriado para una de esas tribus urbanas en vías de extinción. La mujer del descomunal escote le sirvió lo acostumbrado sin que usted se lo hubiera pedido. La saludó y ella le fingió una sonrisa, bien fingida por demás. El cantinero estaba muy ocupado para detectar su presencia. El otro personaje parecía haberse fundido entre el gentío o estaba en el baño. Usted no aguantó la bulla y salió disparado después de beber todo el vaso de trébol de un sólo golpe. Acercándose a su edificio vio a su vecino caminando en dirección suya. Pensó en cambiarse al otro lado de la calle pero sería muy evidente. Actuaría como si nada hubiera pasado y se detendría a saludarlo. El lenguaje corporal era esencial. La cabeza ligeramente inclinada hacia atrás, los brazos abiertos y una sonrisa. Su vecino, tal como usted esperaba, a pesar de sus esfuerzos, pasó por su lado como si usted fuera ese ente invisible que intercede entre el humo del cigarro y el viento. No hay problema, peor gente se había encontrado en su vida, se dijo sin convencimiento. Cuando llegó a su casa encontró la puerta con seguro, tal como creyó haberla dejado.

Usted se sintió burlado. Alguien le hacía muecas cuando usted daba la espalda, alguien le sacaba el dedo cuando usted no miraba. Cómo era posible que este individuo... aunque usted es poco conflictivo, si no lo confrontaba tal vez la hostilidad escalaría al punto en el que le apagaría cigarrillos en la frente.

El siguiente martes usted salió esperando un encuentro con su vecino. Él estaba recostado contra la pared del pasillo mirando un trozo de mirra quemarse entre los dedos. ¿Recuerda usted las líneas que usó? Era una escena que se repetía y que usted no había practicado pero fue al grano y le hizo la pregunta: "¿Por qué me ignora?" Y al hacerla no dejó de apuntar toda su concentración en el entrecejo del vecino. El no respondió y siguió distraído con la lucha entre el humo y el viento. Usted lo tomó de la solapa de la chaqueta, lo zarandeó como queriendo sacudirle las palabras y el resto de ceniza que tenía en el cuerpo. Le insistió con más énfasis en el *por qué*. La actitud del tipo cambió del desinterés al pánico. ¿Recuerda lo que balbuceó? Algo como que usted, nada más y nada menos que usted señor actor, era *el elegido*.

Las palabras entrecortadas del vecino cobraban un monstruoso sentido y a medida que las escuchaba le parecían cada vez más absurdas. Usted era el ídolo de una secta secretísima que seguía yendo a ver sus funciones. Un grupo de seguidores que se aprendía de memoria las pocas obras que había escrito. Usted, señor actor era adorado por un grupo de entusiastas del verdadero arte que se reunía en el sótano de un bar donde había un retrato suyo de 40 por 40 enmarcado, colgado en una pared, alumbrado por velones y rodeado por hogueras de mirra y botellas vacías de la cerveza del trébol. Usted, señor actor representaba el genio remanente en las pupilas de decenas de fanáticos en un mundo de metal y plástico, en un mundo donde los ídolos eran prefabricados al gusto de las masas. Sin llegar a sospecharlo usted era la esperanza, una especie de oasis donde el ser humano encontraba la exaltación del espíritu. Usted soltó al vecino y este salió corriendo. En seguida regresó al bar con la idea de zarandear al cantinero, al personaje desconocido, zarandear a la mujer por su descomunal escote, pero cuando llegó al bar, ya había cerrado.

Usted regresó a su casa y para añadir a la extrañeza que le produjo el previo encuentro, halló la puerta de su apartamento abierta de par en par. ¿Cómo era posible que fuese tan descuidado? Al entrar, oscuridad total, nada usual dentro de esa noche tan inusual. De pronto, ante usted se levantó un telón y una multitud aplaudió apenas lo vio. De la sorpresa al gozo sólo le bastó una sonrisa. Usted dejó salir una lágrima que llevaba cautiva en sus párpados desde muchos años atrás. Entre el público logró reconocer a varias de las personas que habían cumplido todos los martes en el bar. El vecino estaba en primera fila aplaudiendo con las manos arriba y llorando como un bebé. Junto a él, la mujer del descomunal escote que abrió cuando advirtió que usted la miraba, dejando sus pechos expuestos como el homenaje más humilde y sincero que jamás le hubiese podido dar. En la segunda hilera el cantinero, con su cara de perro triste, tiró la mano al aire y gritó *hey* a lo que el resto de la gente repitió en coro, incesantemente por varios minutos. Usted decidió entregarse al placer de ser ovacionado y, para corresponderles como se debía, inclinó su cuerpo expresando todo su cariño y gratitud. De esa manera, señor actor, es que usted está aquí tomándose una cerveza del trébol este cuarto martes, de este lado de la barra y mirando por la pantalla al emperador Adriano convirtiendo su segundo gol.

***

Diego Rivelino Colombia. 1977. Poeta, escritor y diseñador gráfico. Radicado en New York hace 28 años. En el 2007 publicó el libro tríptico *SINASCO,* en el 2009 *Arte Bestial* y en el 2015 *Malparidez.* En el 2011 participó de la antología de LUPI editores: *Tejedor en Nueva York.* Su arte ha sido publicado en Híbrido Magazine, *La botica* de Salamanca, España, *Hybrido Magazine* de Nueva York y *Revista Juglar* de Pereira, Colombia. Miembro del Colectivo 'Poetas en Nueva York' y cofundador y miembro del ya desaparecido periódico cultural *Vecindad.*

Mi bola del mundo (sueño)

Myrna Nieves

Mi bola del mundo, con lapislázuli como mar de fondo, está hecha de rocas semipreciosas de los países representados. Grande, reluciente, se columpia en un eje de bronce como fruta madura o pantalla lindísima, esperando manos ávidas de exploradora semivirtual. En la base, una brújula ensancha el pensamiento y augura rutas.

Veo unos pocos países: Kuwait, Irak, Congo, las Guyanas. Me gustan las piedras, son casi arte. Australia está preciosa en madreperla tornasol; Mali y Tanzania descansan la vista en turquesa y Puerto Rico es un cuadrito de jade africano flotando en la vieja Atlántida.

En mi sueño, tengo una pieza similar: en la base la misma brújula; en la cima una fuente de agua hecha de terracota húmeda y fría. Me pregunto qué calma la fuente. ¿La sed de saber? Es agua de sosiego.

La fuente se rompe; se raja la terracota. No quiero perderla. Alguien me dice—o pienso—que en la calle 14 hay tiendas de subastas, antigüedades y objetos heterogéneos que quizás la vendan. "Las hay por montones". Voy a la 14 con mis sandalias y mi falda casera; es verano y hace un calor tolerable. La calle está llena de automóviles y gente.

La tienda que visito es grande y sin lujos; de consumo masivo. Veo piezas parecidas: siempre la misma brújula en la base, pero en la cúspide algo diferente: urnas de diseños egipcios, o esculturas Lladró de doncellas y caballos. No me gustan. Quiero mi pieza con su fuente de terracota y el chorrito fresco entre una enredadera diminuta. Camino a lo largo de la calle, repleta de pequeñas tiendas de jabones de sándalo, cajas de muñecas rusas y especiales de blusas spandex.

En otra tienda, en un segundo piso, hay hileras de la misma pieza, pero todas con algo diferente en la cima. "No es nada nuevo ni exclusiva la pieza —pensé sin intensidad— pero la mía tenía su gruta abierta al cielo como flor de barro cristalizada, y esa es la que quiero". Una dependienta me dijo que había una tienda en el sótano donde quizás la vendían. Ya en la calle, observo las escaleras que bajan anchas y limpias, de concreto claro. Es una tienda de productos naturales—me dije—¿por qué van a vender una bola del mundo con una fuente de terracota con su chorrito de agua y su enredadera diminuta, columpiándose en un eje de bronce sobre una base que sostenga una brújula entre patas metálicas de animal u otro ser fabuloso? Apoyándome en un pasamano de hierro que fungía de verja, pensé unos segundos entre el sol y el bullicio urbano y decidí no entrar. Caminé de regreso por la acera, a continuar la búsqueda.

De pronto todos corren; un ruido en el aire vuelve el calor más fiero y confunde la tarde. Son aviones con ametralladoras, aviones oscuros y pequeños con cargas mortales. Las madres corren, volando en las manos sus hijos; los perros ladran. El tecleo de las máquinas aéreas es intermitente y pertinaz; ha tornado la calle en una vía estrecha y polvorienta. Atrás quedaba mi bola del mundo con la fuente, contrariada mi búsqueda, y corro también, sin sorpresa. Son los tiempos; es que, a pesar de las advertencias, se me había olvidado.

***

Myrna Nieves nació en Puerto Rico y vive en Nueva York. Dirigió la Serie Invernal de Poesía de Boricua College (1988-2008) y es cofundadora de la colectiva de artistas 7 Mujeres en Movimiento. Libros publicados: *Libreta de sueños (narraciones), Tripartita: Earth, Dreams, Powers, Viaje a la lluvia: poemas, Otra versión de Hansel y Gretel, El Caribe: paraíso y paradoja* y *Abriendo caminos: antología de escritoras puertorriqueñas en Nueva York*. Es curadora de la revista *And Then* y Editora de Español de *homeplanetnews online*. Obtuvo un BA de la Universidad de Puerto Rico, un MA de Columbia University y un PhD. de New York University. Reconocimientos: Premio de Cuento del PEN Club (PR, 1998) y Premio Raúl Juliá (NY, 2019).

El toro en la plaza de La Tulia

José Jesús Osorio

Era un toro negro grande, salvaje y estaba furioso. Tres vaqueros sostenían al increíble y desesperado animal y formaban un triángulo a su alrededor. El espectáculo sucedía en la plaza del pueblo de La Tulia.

La plaza es el lugar más destacado del pueblo. Allí se dan festivales, celebraciones religiosas y fiestas. Es una gran plaza con cuatro entradas. En una de sus esquinas se encuentra la edificación más grande e importante del pueblo: La Iglesia Católica. Al otro lado de la iglesia se encuentra la inspección de policía y por esta salida de la plaza, a unos doscientos metros bajando un pequeño cerro, está el matadero. A este lugar llevaban los vaqueros el enorme toro negro para ser sacrificado en la madrugada del domingo. Las otras dos esquinas de la plaza tienen la única escuela del pueblo y una cantina con billares. Entre esos lugares se encuentran las casas de las personas más importantes de la zona; como maestros, carniceros, sastres, dueños de cafetales aledaños al pueblo, y el farmacéutico con una pequeña farmacia en su propia casa. No viven más de 6000 personas en todo el pueblo, en su mayoría campesinos que trabajan en los cafetales, principal fuente de la economía de toda la región. El piso de la plaza tiene pequeñas rocas, arena y tierra, allí también estaban plantados cuatro altos árboles de caoba.

El toro enloquecido estaba en medio de la plaza. El astado aguantaba allí a los tres vaqueros que lo tenían enlazado. Ellos intentaban mover al animal salvaje, pero él empujaba y saltaba. Su cabeza se movía hacia adelante y hacia atrás, mientras los lazos estaban fuertemente sujetos a sus cuernos y los otros extremos al pomo de las sillas de montar. Sus ojos estaban muy abiertos y enrojecidos. Su mirada desesperada y furiosa y se turnaba para mirar a los tres vaqueros.

Un fuerte viento entró en la plaza por el lado donde queda la estación de policía. El astado olfateó el fresco que provenía del río, sintió en la brisa el olor de los guayacanes y los robles que estaban al otro lado de este. Una leve hojarasca se levantó alrededor de los árboles de caoba y el sol brilló en las hojas amarillentas y verdes que danzaron alrededor del toro. El animal sacudió todo su cuerpo y las hojas se dispersaron frenéticas y como pájaros cansados se posaron sobre el suelo. El toro golpeó con una de sus patas delanteras el suelo polvoriento arrastrándola hacia sí, levantando una pequeña polvareda.

De repente, bramó con todas sus fuerzas y yo escuché el eco de su bramido desde las cuatro esquinas de la plaza. Estaba en el balcón de la casa de mi familia de dos pisos, ubicada entre el bar y la iglesia. Tenía nueve años, era flaco y tímido. Cuando escuché el bramido, mi cabello se erizó y un frío helado recorrió todo mi cuerpo.

Después del bramido, el toro se movió hacia su izquierda y el vaquero del lado derecho llevó su caballo alrededor de uno de los árboles de caoba, tratando de controlar al tempestuoso animal. Fue un error fatal. Cuando el vacuno volvió a saltar con toda su fuerza, el lazo que rodeaba el árbol se rompió. Oí cuando el lazo se rompió y lo vi volar como una caña de pescar con mosca. Sintiéndose libre del lazo de uno de los vaqueros, él corrió por la plaza atacando al caballo que tenía delante. Escuché la gran exclamación de la gente en los lados de la plaza. Todos corrieron como locos y gritaban pidiendo ayuda, tocando y empujando las puertas a su alcance. Lo que era un carnaval, ahora era un pandemonio. Toda la gente en la plaza estaba aterrorizada. En segundos, casi todos desaparecieron de allí.

Mi padre corrió desde el balcón, donde estábamos con mi madre y mis hermanas, hacia abajo para abrir la puerta principal y permitir que los vecinos entraran a nuestra casa. Todo sucedió en segundos. Yo temblaba de la cabeza a los pies al ver la gente espantada corriendo y gritando desesperados. Vi a algunos amigos de mi escuela corriendo y los llamé y les dije que vinieran a mi casa. Yo también lloraba del susto y de ver el peligro en que estaban mis amigos. Mi madre llevó a mis hermanitas a su dormitorio, lejos del infierno en que se había convertido la plaza.

El toro alcanzó al caballo pardusco que era el más pequeño de los tres que lo ataban y corneó el flanco de este musculoso semental. Sus ojos estaban aterrorizados y su relincho era un lamento que duró en mis oídos por una eternidad. El estómago del caballo quedó abierto y sus tripas salieron reventadas. El caballo cayó de rodillas y el vaquero desmontó y salió corriendo. Pude ver en ese momento el pánico en sus ojos. El toro golpeó al caballo una vez más y quitando sus cuernos ensangrentados del cuerpo del pobre animal moribundo, comenzó a perseguir al vaquero.

Llegaron más vaqueros a la plaza para ayudar a sus amigos y con ellos sus perros. Estos eran perros vaqueros australianos y eran muy apreciados por sus dueños. Era un lujo tener un hermoso blue heeler, como también los llamaban. Ellos no eran grandes en comparación con los toros con los que debían enfrentarse, pero eran inteligentes, rápidos y fuertes. Siguen a los vaqueros por los campos persiguiendo a los toros durante horas sin sentirse cansados. Tengo mi propio perro vaquero, regalo de mi madre y mi padre por mi octavo cumpleaños. Pinto estaba loco en el balcón ladrando y saltando tratando de ir al centro de la plaza a perseguir al toro, pero aún era un cachorro y no quería que lo mataran. Era mi cachorro y todavía no era un perro vaquero de verdad, aunque siempre soñé con ser un vaquero con él a mi lado. A veces, Pinto y yo jugamos a los vaqueros persiguiendo las gallinas y los conejos en nuestro patio trasero, y muchas veces mi madre me castigó por esta razón.

El perro de mi tío Ancízar, Garibaldi, estaba ahora en la plaza y mordía las patas del toro. En cuanto el astado lo atacó, saltó asombrosamente a un lado y persiguiéndolo nuevamente le mordió con fuerza la nariz. El furioso animal sacudía la cabeza arriba y abajo y mientras tanto el perro de mi tío mordía la nariz y volaba pegado a esta. Era como una extensión de la trompa del toro. Mientras tanto, los otros perros le mordían las patas, pero él saltó muchas veces y los golpeó fuerte con sus cascos. Algunos perros no podían caminar y ladraban y chillaban en el suelo. Garibaldi no aguantó más las sacudidas de la cabeza del vacuno y voló a muchos metros de este.

El toro echó a correr hacia una de las salidas de la plaza y rompió el último lazo que lo ataba. Ahora eran cuatro vaqueros y cinco perros persiguiéndolo. El animal corrió por un pequeño cerro saltando al río y se metió en un bosque que estaba al otro lado del río en los límites de nuestro pueblo. Allí no había camino y la vegetación dificultaba que los caballos lo siguieran. Algunos perros, ladrando intensamente, lo persiguieron solos. Después de un tiempo, los vaqueros y cuatro perros regresaron al pueblo. Faltaba un perro y nunca lo volvimos a ver.

Poco a poco la gente volvió a llenar la plaza de nuevo. Algunos se acercaron a curar a los perros que fueron golpeados y al caballo, pero ya era tarde para el pobre animal. Todo el mundo hablaba de dónde estaba en el momento del caos. Se hacían burlas entre ellos, recordando los gritos y los llantos que algunos dejaron escapar en medio del despelote. Llegaba la noche con una brisa suave y una neblina espesa y fría y con esta la calma llegó al pueblo, pero el toro nunca fue cazado.

Muchas noches después de que escapara el animal, todavía recordaba con mucha intensidad lo que pasó esa tarde. Escuchaba a través de mis sueños el gran bramido del toro y sus pasos en medio de la plaza. Me despertaba con la piel de gallina y me cubría la cara con mi manta. A la mañana siguiente hablaba con mi madre sobre el sueño y ella me decía: "Si no estudias y obedeces nuestras reglas, el toro te perseguirá por la noche en tus sueños". Durante meses, sentí pánico cada vez que me iba a dormir.

Yo evaluaba mi comportamiento durante el día. Primero, pensaba en mis clases y mis tareas escolares y si había ayudado lo suficiente en los quehaceres en casa. Luego, si había ayudado a mis hermanas y a mi madre, y si no había jugado de vaquero con Pinto en el patio trasero persiguiendo los animales que tanto cuidaba mi madre. A veces, recordaba alguna pequeña travesura y no quería dormir, pero no podía estar despierto por mucho tiempo. Me dormía profundamente, escuchando junto al río los cascos y el bramido del gran toro negro furioso y a Pinto, convertido ya en un gran perro vaquero, que ladraba y no dejaba que el toro bravo entrara a la plaza de La Tulia.

***

José Jesús Osorio nació en Caicedonia, Colombia. Estudió en la Universidad del Valle. Su doctorado es del Graduate Center, CUNY con la disertación: *Silva y su ciudad: literatura, cultura y política en Colombia 1880-1886*. Publicó el poemario *Fantasmas muertos* (2002). Fue coeditor de *Narraciones sin fronteras 27 cuentistas hispanoamericanos* (2004). Es editor de la revista *Hybrido* de Nueva York y miembro del Comité Editorial de la revista *Poligramas*. Publicó el libro: *El oficio de escribir y otros ensayos* (2013). Publicó: "La poesía de Roberto Bolaño: Tópicos y Ensueños," en *Revista de Humanidades*, (2013); "*Hybrido* y el rompimiento de los estereotipos sobre los hispanoamericanos en NY," en *Hybrido*, (2017). Es *Associate Professor* en Queensborough Community College de CUNY en Nueva York. josorio@qcc.cuny.edu

Selva metálica

Elssie Cano

Somos lobos, que son perros salvajes, y este es nuestro lugar en la ciudad

Markus Zusak

Las bestias olfatean en el aire para descubrir a las víctimas más débiles, eso decía mi padre y yo ingenuamente creía que se refería a los animales en la selva. A la fuerza, con dolor y sangre tuve que dejar de lado la pendejada para comprender que el mundo era un lugar hediondo, peligroso, lleno de depredadores disfrazados de hombres.

Corría el año 1980 cuando Fabiola y yo llegamos a Nueva York de paseo por quince días. Las dos habíamos empezado a estudiar comunicaciones en la universidad y en los días libres trabajábamos en una agencia turística para poder reunir algún dinero y viajar a "la Gran Manzana" como se llamaba a Nueva York. Faby y yo salimos a dar nuestro primer paseo. Lucy, la tía de Faby, en cuya casa nos alojábamos, nos recomendó tener cuidado: Un par de chicas jóvenes y simpáticas corren peligro por esas calles neoyorquinas, puede atraer la atención de toda clase de indeseables. Chicas, váyanse con los ojos bien abiertos. Tomamos el tren R en Court Street, que estaba a pocas cuadras de la casa, para en una sola parada llegar a Whitehall Street. Teníamos planes de visitar el distrito financiero, tomarnos fotos con el famoso toro de Wall Street y, como nos aconsejara la tía de Faby, cruzar hasta Staten Island en el ferry. Nos entusiasmaba ver, desde el barco, la silueta de Manhattan, sus rascacielos, las llamadas Torres Gemelas del World Trade Center, y en el camino la estatua de la Libertad. Faby y yo reíamos imaginando ver esto y aquello mientras esperábamos por el arribo del tren. Las dos coincidimos en opinar que las estaciones subterráneas eran deprimentes y más desolador ver esas ratas enormes y gordas que correteaban por los rieles. Y eso que todavía no conocíamos lo que significaba viajar con cientos de personas en un mismo vagón. Eran las diez de la mañana y muy pocos esperábamos en la plataforma. De repente vimos aparecer la mole mecánica que era el tren. Yo, aterrada, temblando de pies a cabeza, di varios pasos hacia atrás creyendo que el ruidoso monstruo me arrastraría en su loca carrera. El tren se detuvo, se abrieron las puertas y Faby tuvo que agarrarme por un brazo para obligarme a entrar.

En aquel vagón que creímos vacío entramos las dos. Nos sentamos y las puertas se cerraron. No muy lejos, junto a la puerta que conectaba con el siguiente vagón, descubrimos que iba un hombre. Era hispano, de unos cuarenta años, de estatura mediana, tez morena, pelo negro, liso y grasiento. El bigote poblado y el sombrero le daban un aire a Luis Aguilar en la película *Juan sin miedo*. Definitivamente era mexicano. El tipo nos miró y sonrió. Las dos desviamos la vista y él comenzó a silbar y sisear tratando de llamar nuestra atención. Ninguna de las dos respondimos y empezamos a hablar de cualquier cosa tratando de ignorarlo. Hagámonos las desentendidas y sigamos conversando, dije bajito mientras sacaba del bolso el mapa del tren subterráneo para mostrarle al tipo que no nos interesaba su presencia. Tan pronto se abran las puertas nos salimos volando de aquí, dijo Faby nerviosa. El tipo se levantó y balanceando el cuerpo se acercó a nosotras. Órale cabronas, hoy están de suerte. Van a saber lo que es bueno, dijo entre carcajadas sacando una navaja. Sentí que me faltaba el aire, debajo del mapa tomé una mano de Faby que parecía a punto de desmayarse. Con los ojos busqué, sin encontrar nada, algo que nos ayudara a defendernos. Faby casi sin voz dijo: Ayúdanos Dios mío.

El tren corría produciendo un ruido espantoso al deslizarse sobre los rieles. Según el mapa, en ese momento, el tren atravesaba el largo tramo bajo el East River, de Brooklyn a Manhattan. El tren corría, pero parecía no avanzar y el tiempo se detuvo. El hombre se paró a sólo pasos de nosotras, tanto que podíamos percibir el olor mugroso de su cuerpo. Blandiendo la navaja dijo: sepárense chamaconas, se van sacando los calzones y me muestran los traseros. No hicimos caso a sus palabras, yo intenté darle un puntapié. Tranquila güerita, dijo refiriéndose a mi pelo teñido de rubio y para mostrarnos que era él el que daba las órdenes me dio un tajo en el brazo. Sintiendo un dolor horrible y viendo mi blusa teñirse de sangre empecé a bajarme los calzones bajo la falda. Faby hizo lo mismo. Me hacen caso y les prometo que las trataré con cariño. Déjame ver tus tetas, dijo a Faby rasgándole la blusa y el sujetador con la navaja. ¡Mira nomás que melonsotes tienes chaparrita! exclamó mientras se bajaba el cierre del pantalón y dejaba libre el pene.

Así mijas, se agachan y se me ponen en cuatro para que yo pueda ver mejor esos culos, dijo resoplando como una bestia mientras se masturbaba. Terminó y recogió el semen en un pañuelo que sacó de un bolsillo de la camisa. Quisiera verlas lamiendo mi leche, pero no hay tiempo, dijo y se subió el cierre del pantalón. Sólo segundos después el tren se detuvo y las puertas se abrieron. Adiós chingonas, dijo guardando la navaja y salió corriendo, perdiéndose en medio de la multitud que esperaba por el tren.

Varias personas entraron al vagón y al vernos medio desnudas y yo sangrando echaron el grito. *What the fuck happened here!* Exclamó un joven en inglés y otro se paró en una puerta evitando que ésta se cerrara. Una señora que había entrado al vagón volvió a salir pidiendo ayuda: *Help! Help!*

Llegaron dos policías, el conductor del tren y también muchos curiosos atraídos por el alboroto. Un joven ofreció su chaqueta para cubrir los pechos desnudos de Faby. Uno de los oficiales de la policía me amarró una venda en el brazo y contactó al hospital pidiendo una ambulancia. El conductor del tren nos señaló una manigueta roja en una esquina y nos explicó que, en caso de emergencia, podía jalarse logrando que el tren se detuviera. El otro oficial de la policía nos interrogó y pidió datos sobre el asaltante. El tipo nunca nos tocó y de esta manera no había dejado huellas de su presencia en nuestros cuerpos tampoco en los agarra manos del tren. El bestia era taimado y sabía cómo cometer sus fechorías sin dejar rastros. Sin vestigios sería difícil identificarlo y localizarlo.

Llegaron los paramédicos, curaron mi herida y nos trasladaron al hospital en camillas. Al salir del tren me di cuenta de un letrero que estaba a un lado de la puerta. Leí el mensaje que más bien parecía una broma pesada: La seguridad en los trenes es nuestra prioridad.

***

Elssie Cano nació en Ecuador y desde 1970 vive en Nueva York. En 1990 se graduó en Ingeniería Mecánica en The City College of the City University of New York. Ha participado con éxito en diversos concursos literarios con relatos como *Los locos del Central Park, La ayuda,* o *La magia de Jonathan*. En el 2000 publicó el libro de relatos *La otra orilla y otros relatos* (Editorial Surco, República Dominicana). En el 2014 su novela *Mi maravilloso mundo de porquería,* fue galardonada con el Premio Primum Fictum de Editorial Librooks Barcelona, España. En el 2018 publicó la novela

IDROVUS (Artepoética Press, Nueva York). En el 2020 publicó la novela *Creando a Eva* (Artepoética Press, Nueva York). En el 2020 publicó *Fiptisio'89* (Books&Smith Publication), traducción al inglés de *La otra orilla y otros relatos*. Pertenece al colectivo editorial de la revista HYBRIDO Cultural Project for Latino Arts and Literature.

La muñeca que camina

Margarita Drago

"Soy un yo, y esto, que parece poco, es más que suficiente para una muñeca."
AlejandrPizarnik

Siempre le gustaron las muñecas, tal vez por esa tendencia a la soledad o a los juegos escénicos con los que se entretenía desde muy niña. De pequeña las tuvo de trapo, de yeso, de losa y alguna de porcelana. Se las regalaban su abuelita materna o su padrino para su cumpleaños o cualquier ocasión festiva. Lo que más le gustaba era jugar con ellas a la maestra, sentarlas en fila sobre su cama e inventarles historias que le sugerían las figuras de los libros de su hermano, mayor que ella. Cuando aprendió a leer y escribir les impartía las clases que recibía de la señorita Julia. Les recitaba poemas infantiles de Alfonsina Storni, de Federico García Lorca, de José Martí, los que con tanta pasión y gusto les leía su maestra de primaria. Las llamaba por los nombres que les había asignado y las paraba frente a las otras para que leyeran en voz alta. Ella misma jugaba sus roles, les atribuía una voz y creaba una historia. Siempre, una o dos de sus alumnas muñecas sobresalían y se ganaban sus elogios, tal como lo hacía la señorita Julia cuando unx de sus alumnxs se destacaba en la lectura o en la resolución de alguna tarea que consideraba un desafío para las mentes infantiles. Junto a sus muñecas transcurrían, generalmente, sus noches en casa, cuando después de la cena su mamá y su papá escuchaban la radio o hablaban de parientes y vecinos, y su hermano hacía las tareas escolares.

Cuando se pusieron de moda las muñecas que hablan y caminan, ella quería tener una y se la pidió con insistencia a su mamá, aunque de sobras sabía que en su casa no había dinero para muñecas, menos aún para esas que por ser tan adelantadas y modernas eran costosas. Dudosa de que la complaciera, decidió escribirle a los Reyes Magos. Su hermano, cómplice solidario le ayudó a redactar la carta. Desde el 20 de diciembre aguardó ansiosa la llegada de los tres reyes. La mañana del 6 de enero se despertó sobresaltada y buscó el regalo con la mirada inquieta, el que encontró en el piso a los pies de su cama y al lado de sus zapatos de charol negro. Era una caja grande, enorme para sus ojos de niña. La abrió nerviosa. Y adentro, tras un papel de celofán transparente estaba recostada la muñeca. Alta, erguida y vestida de tul y tafetán celeste. Tenía pelo largo, negro y ligeramente ondulado. La levantó con extremo cuidado y al recostarla la muñeca entornó sus ojos de bolitas negras y brillantes, y con un sonido metálico emitió un 'mamá' medio lloroso. Entre sorprendida y curiosa la colocó en el piso, y siguiendo las instrucciones de su padre giró la mariposita que escondía en la parte trasera debajo del vestido. Al instante, la muñeca dio unos pasos rígidos, movió acompasadamente los brazos mientras giraba la cabeza a un lado y a otro, como saludando con una ligera sonrisa. La pequeña abrazó el regalo y se sintió dichosa porque esta vez los magos la habían complacido. Con la muñeca en los brazos cruzó la calle y corrió a la casa de su amiga de infancia para mostrársela. A ella también le habían dejado una de las que hablan y caminan. Era rubia, cachetona y de ojos verdes como su dueña. Las midieron, las revisaron por dentro y por fuera, las hicieron caminar y las dos se movían al mismo ritmo con gracia mecánica.

Al rato salieron a recorrer las casas vecinas para ver qué habían dejado los Reyes Magos a lxs niñxs del barrio. Ellas eran las únicas niñas que habían recibido una muñeca que camina y habla. Sintió pena al ver las caritas tristes de las chiquitas de la esquina, las hijas del carbonero, cuando de pie frente a su casa las miraban con las manos vacías y sin entender el porqué del privilegio. Ella, en su inocencia, tampoco entendía. Esa noche se durmió feliz pensando en Alicia, el nombre que le asignó a su muñeca, el mismo de su amiga invisible. A partir de ese día ella ocuparía su lugar.

Alicia compartía con la niña todos sus juegos y actividades. La sentaba a su lado a la hora de la comida. Cargaba con ella cuando los domingos iban a visitar a su abuelita. La vestía con los trajecitos que su madre le cosía respondiendo a sus pedidos. A la hora de la siesta, cuando todos dormían, y si el día estaba soleado y tibio, se sentaba en el jardín bajo la sombra del limonero a leerle cuentos infantiles y recitarle los poemas que le había enseñado su maestra. En su escuela de muñecas, Alicia era la más inteligente y aplicada. Jugó todos los papeles que le hizo representar, pero sobre todo fue la custodia de sus secretos, de sus sueños infantiles, también de los miedos que no se atrevía a nombrar.

Por las noches y muy a menudo, su hermano sufría ataques de asma y tosía entre ahogos y quejidos. En su desesperación la madre corría a atenderlo, y cuando el rostro compungido del padre le advertía sobre la gravedad de la situación, buscaba a su muñeca, se abrazaba a ella debajo de las sábanas y permanecía callada y quieta en posición fetal. Paralizada por el miedo se aferraba al pecho frío de Alicia y le rezaba a Santa Teresita, santa milagrosa y aliada a la que solía acudir en esas circunstancias. Si al final, sus padres volvían a su cuarto después que la crisis había calmado, ella le atribuía el milagro a la santa y le daba un apretón de agradecimiento a Alicia, única testigo del prodigio.

Otras veces, cuando el padre fruncía el ceño y levantaba la voz para reprocharle algo a su esposa, la invadía el pánico; sabía que a tal escena sucedería otra en la que su madre, ahogada en llanto amenazaría con un trágico destino. Ella no podía verlos ni escucharlos, y como siempre para evadirse se encerraba en la habitación y se asía a Alicia, su único refugio. Temblorosa y con la voz entrecortada le confiaba sus secretos, sus deseos de abandonarlos, de huir con ella lejos para librarse de la cárcel familiar.

A las discusiones solían suceder momentos de aparente calma y la casa se hundía en un silencio oscuro. El padre se sentaba en el comedor con el rostro atormentado mientras hacía caricias al perro que recostado a sus pies lo miraba temeroso. La madre se reclinaba en su cama; lloraba mientras se cubría la cara y su hermano le acariciaba la cabeza y le ofrecía un calmante. La niña no era partícipe de ninguna de las escenas; la conmovía el dolor de su padre y le inspiraba angustia y rabia la actitud manipuladora de la madre. Con el miedo plantado en la boca del estómago y las palabras oprimidas en la garganta, optaba por el encierro y el ensimismamiento y, como de costumbre recurría a Alicia, su paño de lágrimas.

Cuando no había peleas y su hermano podía sobrellevar la enfermedad, ir al liceo, estudiar y reunirse con sus amigos, cuando parecía que todos los problemas y los males se habían disuelto, para el resto del mundo eran una familia unida y feliz. La niña se encerraba en su cuarto a jugar con sus muñecas, a soñar que de grande se iría a vivir muy lejos, a enseñar a leer y escribir a niñxs pobres y analfabetxs. Alicia, fiel compañera, siempre iría con ella, aunque el tiempo averiara su piel tersa de porcelana. Y mientras imaginaba un futuro en libertad abrazada a su muñeca, la que había cobrado vida en el penumbroso espacio de su habitación, del otro lado, en el comedor sonaba la radio. La madre y el padre tomaban mate mientras escuchaban la novela y su hermano preparaba sus lecciones.

***

Margarita Drago (Argentina). Doctora, catedrática de Lengua y Literatura Hispanoamericana en la Universidad de la Ciudad de Nueva York, poeta y narradora. Autora de *Fragmentos de la memoria: Recuerdos de una experiencia carcelaria (1975-1980)*, declarado de interés cultural por la Honorable Cámara de Diputados de la Nación Argentina; de los poemarios: *Con la memoria al ras de la garganta; Quedó la puerta abierta; Hijas de los vuelos; Un gato de ojos grandes me mira fijamente; Heme aquí; Con la memoria stretta in gola; Sé vuelo*, y del estudio académico *Sor María de Jesús Tomelín (1579-1637), concepcionista poblana: La construcción fallida de una santa.* Es coautora de *Tomamos la palabra: mujeres en la guerra civil de El Salvador (1980-1992).*

Karma

Héctor Anthony Alves

Entró a la mueblería de la quinta avenida con pasos seguros, como quien entra a un restaurante de 5 estrellas y sabe que, sin haber hecho la reserva, hay una mesa disponible. Desde hace tiempo, viene pensando en renovar los muebles del Penthouse del Soho.

Buenas tardes señor ¿en qué puedo ayudarlo?

Percibió una voz femenina, un dejo de cansancio, el saludo previsible, el cotidiano dióxido de carbono y el ofrecimiento cursi se repetían una y otra vez —como una tortura— a lo largo de las décadas. Qué monótono, qué falta de creatividad, pensó. Pero no asimiló los gestos cordiales ni las palabras de bienvenida, atraían su atención otros objetos, su mirada estaba dirigida hacia un mosquete con culata de madera y una pata de elefante disecada, hecha cubo para guardar paraguas.

Ella era sobrina nieta de un dictador exiliado en España, su abuelo, aliado de los americanos, murió durante la invasión del 65. Una joven propensa a la voluptuosidad, de pechos prominentes y de curvas forjadas a fuerza de un menú diario de arroz, habichuelas y tostones.

El pertenecía a la clase de los que nunca se imaginaron comiendo restos de comida recalentada. Sin embargo, pensó. Los tiempos cambian y nuestro país, hay que reconocerlo, le debe a los inmigrantes, la buena disposición para ser el relleno de los cimientos de nuestra patria. No se sorprendió al verse parapetado en tan *friendly* deducciones, hacía ya dos décadas que los bancos cambiaron su tono de fuerza laboral, y ahora estaba por primera vez en una transacción —sin que mediara un vidrio a prueba de balas—, frente a una autentica *beaner*.

Ella, egresada del Bronx High School of Science, había trabajado como curadora para el Bronx Council on the Arts, y a fuerza de propios méritos, obtuvo una beca en NYU.

Acostumbrada a la clientela más exigente, lo miraba pasiva, con profundos y caribeños ojos negros. Una chica joven, orgullosa, atractiva, segura y de modales muy finos. Rosario Rodríguez, 22 años, quien aparte de estudiar arte y diseño contemporáneo, hacia voluntariado en el MET, en el ala de cultura y arte asiático. Era junio y ella visionaria, era verano y cada final del año lectivo, se hacía tiempo para buscar trabajo. Cuando el color de ojos y epidermis le cerraba el camino, el *resume* y el ID de la universidad, le abrían las puertas de los empleos de alto rango, donde podía codearse con gente culta y futuros clientes. Era además propensa a las nuevas tendencias, una chica actualizada, generación Z.

Segundo intento.

—¿En qué puedo ayudarlo?

—Estoy buscando muebles para mi *penthouse* del Soho.

—Tenemos muebles de roble o muebles de una madera menos fiel, menos agradable al tacto ¡según el gusto de los clientes, según los diseños!

Ella, cadenciosa y sugestiva, se movía como una pantera en la jungla, segura de que en algún momento atraparía a su presa. El decidió explorar en la espesura del bosque, las posibilidades que brindan los nuevos territorios.

—¿Cuál me recomiendas?

—Bueno, creo que deberías decidirlo tú, hay una gama de lo que ofrecemos expuesta en el segundo piso, está la sección de los muebles modernos, es decir una combinación de industria y cibernética, y las muestras de las copias de los muebles antiguos, solo que están hechos ahora, a mano y por artesanos de Pensilvania.

A medida que corrían las palabras, un aire de distención llenó el espacio entre ambos y el tono, antes rígido y distante, se volvió familiar y ameno. Era uno de esos días raros, en los que él se encontraba *Sharp* y particularmente de buen humor.

—¿Tienen réplicas de Salem 1692?

Ella, —orgullosa dueña de una belleza exótica permaneció en silencio—, como respuesta, elevó la mirada, se tocó el mentón con el dedo índice de la mano izquierda, se mordió el labio inferior dejándolo resbalar y sonrió mecánicamente.

Él, aguzó la mirada y observó sus movimientos con precisión telescópica.

—Quizás puedas acompañarme al segundo piso para darme algunas sugerencias ¿no? Rosario se disculpó amablemente, diciendo que era la única empleada que quedaba por el resto de la tarde, situación que *unfortunately* le impedía cumplir con su requerimiento.

El insistió en saber su opinión.

—Pero quiero saber tu opinión con respecto a la amalgama de la estructura social y cómo se ligan estos dos elementos bajo el concepto antiguo y moderno, y si prevalece uno por sobre el otro entonces cabría preguntarse cuál es la razón para que esto suceda, en palabras más simples ¿qué diferencia hay entre los modernos y los antiguos?

—Bueno los modernos son como su definición lo indica, son más ligeros pero con diseño actual, de medidas mucho más reducidas y de paredes más delgadas en comparación con los antiguos, ahora bien, en ellos resalta y prevalece por sobre todo, lo funcional, son ejemplares más pequeños, los muebles de hoy no son objetos de vanidad, sino objetos de "funcionalidad", es decir que su presencia no interrumpe ni se imponen en el ambiente, sino que, todo lo contrario, hay una sutil imbricación, se subordinan al espacio donde están ubicados y contribuyen a la armonía, poniendo de manifiesto el noble valor de la simbiosis, su presencia es "imperante" a partir de la necesidad de utilizarlos y no de exhibirlos, y como vienen los tiempos y disculpe que lo mencione, si a usted le interesa o es ambientalista, no perjudican al medio ambiente ni promueven la deforestación.

Una vez más, él estaba alejado de la conversación, imbuido en asuntos políticos y financieros, pero las palabras "medio ambiente" y "deforestación" le perforaron el velo del limbo y regresó del letargo como quien vuelve a un terreno hostil. Rescató otras palabras que flotaban en su memoria, analizó rápidamente el parte, formándose una idea sobre ella que no hubiese querido.

—¿Con cuántos mercados trabajan?

—Trabajamos con dos, uno es el mercado exquisito-antiguo y el otro el mercado moderno, sostenible y consciente.

Esa inesperada frase lo tomó de sorpresa, lo hirió y le llegó hasta el alma. A esta altura de la contienda, no había dudas, él volvía del ensueño y desembarcaba en la bahía, convertido en un mercenario de cuello blanco. Se sintió degradado ante aquella carga, ante aquella insensible estrategia comercial. No exhibió su sorpresa, enrojeció, quiso explotar, pero guardó cordura, sintió repugnancia ante esas palabras, ante la menuda figura de aquella niña inocente y sentenció.

—Me sorprende lo que dices, —y le espetó—, porque la culpa no es de quienes los compran, sino de quienes fabrican y comercializan esos muebles, a esto se le llama, ley de la causa y el efecto, y aunque parezca que no, hace ya tres años, que el jefe Paulino Guajajara fue asesinado, y también desplazaron al resto de la tribu, con el agravante de seguir talando árboles, exterminando a los roedores, pájaros y chimpancés que dependen de la reserva de Maranhao, por eso es que para darle valor a las desdichadas circunstancias, esos productos son dignos de ser consumidos, alguien tiene que centrar la balanza, porque a tanta muerte y crueldad hay que buscarle un sentido, de lo contrario todo habría sido en vano y la banalidad solo es para los mediocres que no entienden que talar los bosques y matar indios y exterminar especies de monos para hacer sólidos preciosos y codiciados muebles de roble, con el solo fin de preservar el buen gusto y la vanidad, no está nada bien, como tampoco está bien que tengan que cortarle los colmillos a los elefantes y los cuernos a los rinocerontes para salvarlos de los traficantes, ya que los traficantes se los venden a los chinos por una exorbitante cantidad de dólares, para que los reduzcan a polvo y hagan una sopa que aumenta la potencia sexual, *and by the way*, quien sabe donde y quienes almacenan y guardan y resguardan y venden ilegalmente esos marfiles, legalmente sustraídos de las carnes de los pobres animales, todas esas son piezas de valor intrínseco de la economía de libre mercado, entonces, es mejor comprarlos ahora en el año 2020, puesto que no es ilegal, por si viene otro ministro de Fish and Wildlife Service, ponderando los derechos en favor del mundo salvaje, y vuelve a prohibir la venta del marfil, y que no se diga, que ni se hable del calentamiento global porque es una trampa, Greenpeace hasta el día de hoy lo único que ha logrado es escandir la Greenwar. Y Greta Thunberg está manipulada por la parasitaria agenda socialista. Cecil también ya murió, una muerte perfectamente legal, el juez exoneró de toda culpa a los cazadores y a su guía, el deporte de la caza es otro deporte como cualquiera, así como la exportación de cadáveres de los leones trofeo desde Zimbabwe. Cecil murió a flechazos a mano de Walter Plumberg, un dentista que "ama cazar responsable y legalmente" y Oxford con sus investigaciones y estudios a largo plazo, sin aportar fondos, se puede ir a la mierda, *however* nadie habla de las tarántulas y mariposas disecadas y papagayos que les venden a los turistas en Brasil, ni de los Pet Shops, células cancerígenas de nuestra sociedad que solo ponen de manifiesto la complicidad, el resentimiento e incapacidad de progreso de la gente baja. ¿De acuerdo? Los dueños de esas faunas, como las autoridades de Zimbabwe, son los dueños de los territorios donde moran los animales, y por tanto les pertenecen y tienen el derecho de velar por sus vidas, bienestar y muerte, ¿o acaso se les debe negar el beneficio económico que ello conlleva para la patria y sus nativos hombres? *It's more*, así como Bolivia es rica en minerales, Perú tiene oro, Argentina vacas, Cuba médicos, México mano de obra barata, Egipto las pirámides y Arabia Saudita el petróleo, *Just to mention some of them*, así mismo un ministro africano me confesó, "dios puso estas riquezas en nuestras manos para que las explotemos y podamos subsistir".

Dicho esto, una ráfaga de viento tibio entró por la puerta, contrastando con el ambiente fresco que proporcionaba el aire acondicionado.

A ella no la sorprendió el suculento monologo, ni le movió un ápice de neuronas. Rosario, impávida, dejó correr unos prudentes segundos en silencio. La muchacha, reservada hasta entonces, gesticuló y abordó —motivada— la conversación.

—Con todo respeto señor, pero ¿y el karma?

El miró a la muchacha con sorna, con gesto condescendiente de hermano mayor, interrumpió a la voz joven, y se disculpó por su propio ímpetu y falta de consideración, ya casi irritado le respondió impulsivamente.

—¿Karma? ¿qué karma? será calma. —y se veía en el hotel Sandalwood de Harare, al borde de la piscina, con su vaso de whisky en la mano y su sonrisa excesivamente blanca. Donde ella visionaba un futuro brillante, el veía una sublevación de subordinados —y, en consecuencia,— una ruta hacia la evidente degradación de la especie. Concluyó sin más ni más que ella era una ferviente admiradora de AOC.

No se alejó molesto ni estrepitosamente, al contrario, se retiró sereno y con discreción, asegurando que volvería al día siguiente. Su retirada no fue una derrota, sino que ya era tarde y el tráfico de la hora pico lo agobiaba de sobremanera, y para un día —pensó— ya había tenido suficiente. Rosario sabía, no por intuición, sino por visionaria, que nunca más volvería a verlo.

Pero cualquiera puede morirse a los 33 años, a Jesús le ocurrió, a Eric Stain le ocurrió esa misma noche, de un fulminante ataque al corazón.

A los pocos días, en Zimbabwe, en la zona protegida, nació un león con dos cabezas, el dueño del rancho, que era amigo del joven americano y cuya muerte prematura lo había consternado, lo llamó Eric. El cachorro Eric, durante un tiempo, fue furor del periodismo internacional, pero a la séptima semana desapareció, lo arrancaron del seno de su madre y de su hábitat natural. Algunos dicen que lo vendieron a un príncipe coleccionista de Dubai. La AFW (African Wildlife Foundation) y PETA (People For Ethical Treatment of Animals), aunaron esfuerzos y denunciaron que se lo habían alquilado a Monsanto para hacer experimento he investigaciones de ordenes genéticas y bioquímicas. Pero la realidad es que lo vendieron a la Sociedad de Conservación de Vida Natural y Silvestre —en pocas palabras—, al zoológico del Bronx, donde vive "alegre y feliz", con techo, comida y guarida segura, todo con respecto a él está seguro, su futuro está asegurado, su comida diaria también y las puertas de la jaula están más que aseguradas con varios candados y electricidad de alto voltaje. El Joven león, turbado, se acerca a la puerta de rejas varias veces al día, se hecha con la mirada perdida, a contemplar el paso de los sorprendidos niños y otros alegres visitantes. Los miércoles son días de entrada gratis y la diversidad de la concurrencia es digna de ser admirada, los vecinos de la periferia no dejan pasar esta oportunidad y acuden en masa con sus niños. Cuando miran las dos cabezas pegadas a un mismo tronco, algunas mujeres creyentes se persignan, besan al pequeño Jesús del rosario que llevan colgado de sus cuellos, otras a la estampita con la imagen de la Virgen de la Altagracia y otras con la imagen de la Virgen de Guadalupe, no saben si están frente a una bendición de dios que anuncia su inminente llegada, o a una patraña del diablo, pero por las dudas se persignan varias veces. Ese día, un grupo de monjes budistas, guiados por una joven que hace un voluntariado en The Morgan Library, se detiene con mirada compasiva, y muy ceremoniosos se alinean frente a los cuatro ojos del joven león que los observa. La joven repite el mantra, *—May you be free from suffering and the cause of sufering,* —Que estés libre del sufrimiento y de las causas del sufrimiento. *—may all sentient being be free from sufering and the cause of sufering.* —Que todos los seres sintientes estén libres del sufrimiento y de las causas del sufrimiento.

***

Héctor Anthony Alves (HAA). Reside desde 1988 en el Bronx, New York City. Sus poemas fueron publicados por el Bronx Council on the Arts en la antología *Not Black and White.* Sus cuentos por el Taller Dominicano en la antología *Los Pétalos Del Martillo* y sus artículos periodísticos por *El Diario La Prensa.* En 2012 grabó un CD de poesía con la poeta y activista social Ann Waldman. Tiene 5 libros publicados. *Tributario, Las Cuatro Estaciones Del Amor, Poemas del Mirador.* Su más reciente publicación es *You Should Never Be Afraid Of Amish People Again* y *Memorias del Bronx,* publicado por The Bronx Council on the Arts. Desde marzo del 2017 coordina el Taller, bilingüe, de escritura Creativa "Sin Final", en The Latin American Workshop, New York City.

Troupe

Linda Morales Caballero

Fui a la reunión urgido por Natalia, una artista muy joven y muy muy guapa que me trae por la calle de la amargura. Para demostrarle mi adhesión, en los últimos tres meses, la he seguido a todos lados: exposiciones de pintura, espectáculos de comunidades exóticas, quinceañeros de nuevos ricos, fiestas infantiles de ricachones, *bar mirtzvahs,* bautizos, y qué se yo qué más... Natalia desea montar una escuela de arte para niños, y yo de que ella llegue a ver en mí a un compañero capaz de todo para lograr sus sueños y así comprenda que somos el equipo perfecto.

En esta ocasión, Natalia, entusiasmada por una amiga malabarista, iba a la reunión de una organización comunitaria en un intento más por encontrar apoyo para su proyecto artístico y, claro, me arrastró con ella.

La reunión tuvo lugar en el salón de eventos de una escuela del Alto Manhattan. El espacio era enorme y de techos abovedados, gracias a lo cual todo lo que se decía rebotaba en ecos. Nos saludaron con miradas curiosas y nos invitaron a sentarnos:

—*Siéntense, éntese, éntese,* Nos dijeron los que habían llegado antes que nosotros señalando unas sillas plegables e incómodas organizadas en semicírculo. El frío del lugar hizo que no pudiéramos quitarnos los abrigos así que, estrujados, como pudimos, nos acomodamos en las maltrechas sillas.

Nos mirábamos entre todos con cierto recelo. No se podía negar que los pocos presentes eran raros, aún para esta ciudad. Un tipo vestido de Batman, dos señoras que parecían venir de un asilo, un cantante de cara triste, un malabarista que jugaba con tres bolas, una mujer joven bastante hombruna, un joven al que no se le entendía ni jota, salvo un: ota, ota que mascullaba entre dientes con un acento que a mí me sonó folklórico, sin reconocer de dónde. Finalmente, un payaso, sin peluca, acompañado de una señora de ruleros y un adolescente con frenillos. Además, de lo rarísimos que resultábamos Natalia y yo, porque no encajábamos con nada.

El inclemente invierno tenía nuestros cabellos hechos un desastre grasiento, seco y electrizado. Los abrigos arrugados por el desgaste del frío intenso de la temporada nos daban un hastiado aspecto, ni qué decir de las botas sucias y carcomidas por la sal que en las calles derretía la nieve y hacía lucir nuestro calzado como mordido por una lavaza sucia.

Al iniciar la reunión fuimos invitados a presentarnos diciendo nuestros nombres y apretándonos las manos. -*Mucho gusto, usto, usto,* nos dijimos unos a otros, y los "ustos" me sonaban a susto. Todos los presentes eran o creían ser artistas. No sé a cuál categoría pertenecemos nosotros, pensé descorazonado, aunque en realidad, creo que mi amiga, sí tiene talento.

El señor que moderaba el grupo, con gesto ansioso y voz dictatorial, dijo ser el presidente de esa multitudinaria organización tan importante *ante, ante.* Querrá decir "pedante" pensé escuchando el eco. Miré a mi alrededor y el número de los presentes me desconcertó, -para ser multitudinaria la han dejado en la mínima expresión- me dije a mí mismo. El presidente pareció saber lo que pensaba así que miré hacia el techo para evitar sus ojos. El hombre continuó explicando las maravillas de su labor que consistía, según dijo, en llevar arte y cultura a la comunidad.

-*Para muestra un botón on, on* indicó, dando entrada a la señora de ruleros, dramaturga, *urga, urga* quien, entre risas ufanas y un rápido batir de parpados, dijo que nos regalaría, ya mismo, una lectura de su última obra: *Los idiotas, otas, otas* y de la que leería junto a su hijo, el del frenillo, al que había llevado para tal propósito, *sito, sito.* La escena era una discusión vergonzosa entre marido y mujer peleando a gritos melodramáticos y plagada de problemas lingüísticos. Por un momento pensé que quizá yo aún no había despertado y esto era una pesadilla.

Pero la realidad probaba ser superior a mi inconsciente. Para colmo tenía que poner buena cara si quería seguir apoyando a Natalia, y aunque yo hubiera deseado huir, pude ver en ella el deseo estoico de aguantar hasta las últimas consecuencias.

Entonces, comenzaron a pedir ideas originales para el próximo evento-feria, qué sé yo.... Mi amiga aportó muchas y muy buenas sugerencias; las que el hombre anotó sin perder detalle. Yo, forzado a decir algo y aburrido como estaba propuse con humor ácido: -*Ahoguen al payaso para ser originales, digo, igo, igo.* El que mascullaba ota, ota aplaudió con inusitado entusiasmo, los demás me miraron desconcertados, pero el payaso, en cambio, me miró con ira y me mostró una lengua amarillenta, como con paludismo.

De seguido, el presidente indicó que no les era posible pagar por el espacio, acio, acio donde se haría el encuentro, entonces los presentes sugirieron opciones gratuitas que el hombre anotó voraz. Como era de esperarse, dijo tener contactos para la comida y un patrocinador para la bebida, *ida, ida*. Luego pidió a los artistas que nos comprometiéramos a llevar nuestro talento: músicos, cantantes, dramaturgos, poetas, payasos, equilibristas, etc., y así quedaron comprometidos en su lista, incluso los ausentes. De golpe, como una ráfaga de viento invernal hicieron su contorsionada entrada dos saltimbanquis que venían de ensayar en otro salón. Sus mínimos trajes y sus saltos elásticos contrastaron con la tormenta de nieve que podíamos ver caer por las ventanas. Estos se colocaron al fondo, pero por el rabillo del ojo podía ver que no se quedaban quietos, como si de una película de Fellini se tratara.

Cuando el tipo ya tuvo el programa de su fiesta-evento-feria o lo que fuera, armado, con la comida y bebida gratuitas y el local regalado; apuntó mi nombre, sin consultarme, para que yo le escribiera y tradujera el libreto del programa a fin de hacerlo bilingüe, además, de los nombres de Natalia, junto con el del cantante venido a menos, para que fueran los maestros de ceremonia.

Eso ya fue el colmo, me había añadido como a un súbdito, sin solicitar mi colaboración porque, zorro como era, entendía que yo no iba a aportar nada de mi propia voluntad; pero Natalia no se inmutaba. ¿Sería que me quería hacer pagar por algo de lo que yo no estaba consciente? ¿O me llevó para burlarse de mi atracción irresistible por ella? Eso llegué a pensar, ya que entre el frío y el hambre que nos estaban haciendo pasar en una sala llena de ecos y gente rara, que incluía ensayos de saltimbanquis, todo se me confundía y se me hacía irreal. -*Y cuál es el poder de convocatoria de la organización, ción, ción,* pregunté a modo de venganza. -*Bueno,* dijo, como perdiendo la paciencia. -*Depende de cuánta publicidad le hagan ustedes, edes, edes.*

- *¿Cómo?, ¿no usan una base de datos, atos, atos? No, más bien ustedes deben mandar las invitaciones a sus contactos, actos, actos; por lo menos si quieren vender, der, der; también deben hacer unos talleres, eres, eres, de literatura o hacer compotas, idiotas, idiotas, o lo que haga falta para conseguir plata, ata, ata,* me contestó.

Ud. tiene la cara de piedra, mierda, mierda le dije mientras el eco se volvía, cada vez más desaforado. La que se creía dramaturga pudo ver que se me despertaba un desconocido instinto animal así que intervino para pedir un voto que confirmara nuestro acuerdo, *cerdo, cerdo*. Bueno, sí muy bien, hay que votar para quedar comprometidos en todo, *lodo, lodo....* dijo el mequetrefe del presidente. Me rasqué un oído, con la uña larga que tengo para eso.

-*En realidad, como ustedes saben aquí todas las decisiones las hacen ustedes. mismos, sismos, sismos,* dijo el tipo. *Eso sí no olviden traer para la próxima reunión sus $100 dólares de donativo, divo, divo, porque sin dinero no se hace nada, manada, manada.* Pensé que el eco me leía la mente, no sé si todos escuchaban lo mismo que yo.

Me levanté dejando al espécimen con el eco en la boca y comencé a ponerme los accesorios para el frío. Si Natalia quería ser idiota, ¡qué lo hiciera sola!

-*Natalia, si vos queres ser idiota, ota, ota hacelo vos sola, ola, ola.*

"Ota, ota", volvió a decir sonriente el que mascullaba mientras asentía risueño... parece que el idiota es el único que entiende, pensé.

-*Yo ya tuve suficiente, vente, vente.* Le grité a mi amiga mientras me enrollaba la bufanda al cuello.

Los demás, incluidos los saltimbanquis, quedaron paralizados; al malabarista se le congeló una bola en el aire. Fue como si de pronto todos hubieran despertado de un sueño colectivo.

Lo terrible, es que la Troupe salió de la reunión siguiéndome como un rebaño y ahora no sé qué hacer con ellos. ¿Natalia? Ofendida como debe estar por mi falta de tacto o paciencia, se quedó consolando al director junto con los menos artísticos.

Cuando me giro en redondo, todos me gritan al unísono: *"ota, ota"* y aplauden y gritan coloridos sobre la nieve que no ha cesado de caer, creo que pidiendo una repetición de mi osadía... O quizás un nuevo director...

***

Linda Morales Caballero es escritora, periodista y profesora graduada Cum Laude de Hunter College, Nueva York. Licenciada en Literatura Hispánica, Medios de la Comunicación y Máster en Literatura Hispánica.

Ha trabajado para CUNY, el Departamento de Educación y Naciones Unidas. Fue corresponsal de *El Comercio* y colaboradora de *Caretas* de Lima, Perú y crítica literaria para Tribes.org.

Tiene seis libros de poesía y uno de relatos: *El libro de los enigmas, que* ha dado pie a obra de teatro, cortometraje y monólogos en USA y España. Su trabajo aparece en antologías y revistas en diversos países e idiomas. Ha sido invitada a Ferias del Libro y Festivales en Argentina, Bangladesh, Brasil, Costa Rica, Cuba, Egipto, El Salvador, México y USA.

El musgo

Mario Roni Moreno

El tren 7 tímidamente asomó su cabeza chata y bien peinada. Venía de Manhattan atravesando Queensboro Plaza. Luego se impuso con su arrogante cuerpo que va cautivando a su paso, conquistando una vez más el tiempo. Este es el tren de los inmigrantes del que un multimillonario neoyorkino dijo: "Es una cucaracha enorme, habitada por criminales y violadores; extranjeros asquerosos que no deberían estar aquí, gente de color oscura o amarilla que no hablan americano." Este míster no fue capaz de tolerar la diversidad étnica que diariamente transita el tren.

Surgió una gran expectativa el día que se esperaba subiera a uno de sus vagones para asumir -aunque fuera- una ligera disculpa ante la expectativa de la prensa. No fue así, por supuesto. Llegó al U.S Open, Flushing Meadow- Corona Park, Queens a la semana siguiente en limosina y fuertemente escoltado, sin subirse al tren para remediar sus ofensivas declaraciones xenofóbicas.

Esta serpiente de metal es, en definitiva, parte del folklore del Condado volando por los aires de Queens, acompañado de efímeros inquilinos: un mosaico de trovadores, cantantes de óperas andinas, aristotélicos violinistas, mercaderes de amnesias del alma, traductores del olvido y plagiadores de remedios transcendentales.

Entre tanto sube y baja en esta despensa de quehaceres inventados, de pronto surgió una figura escuálida, que más bien parecía una caricatura de sí mismo, un largo escobillón, cara de bolígrafo, que de súbito incendió la atmósfera con un extraño olor a tierra mojada, que repartía gratuitamente a su paso. Este sujeto no era interprete de rancheras, ni vendedor de chistosas escenas de dolor, estaba muy lejos de ser un cansado obrero, más bien semejaba ser un asceta de ademanes tardíos y bien domesticados. Su actitud nos predicaba ser un archienemigo de horarios convencionales y nos regalaba la imagen de ser un huésped a tiempo completo de las calles de Nueva York. "El Musgo", así le llamó un indigente que lo vio pasar, se deslizó con máxima cautela como no queriendo rozar ni con el aliento a los pasajeros, saltando de vagón en vagón. Divirtiéndose. Convencido que era la reencarnación de Tzalcol, en la génesis del siglo XXI y automáticamente transformó su voz en un susurro que corría con la velocidad del tren, dijo en un perfecto español: "Hijos de esta selva, tristes cautivos de esta civilización, no os pertenecéis a vosotros". Luego con calculada precisión añadió. "Sencillamente no miramos con nuestro corazón, con nuestra humanidad. Somos la matemática de nuestro perverso ego. ¡El futuro es ahora!". Dijo esto último con solemnidad y calló. Cuando ya por un efímero instante dejo de oír la existencia en el tren, cuando las horas se reventaron de tanto vagar las estaciones. Tzacol bañado de miles de reverencias, masticaba una jerigonza, hecha de códigos raros que le inyectaban un perfume al ambiente. Abruptamente la puerta se abrió. "!90th Street!", anunció el conductor con voz encallada de tanto repetir lo mismo. El Musgo, acurrucado en el último asiento, se amarró la cara con sus largos dedos. Se levantó y resucitó a la realidad, sin más deseo que salir volando. Fue cuando se sacudió de su letargo, atosigó su confundido y paranoico paso. La puerta casi le atrapa la cara degastada por los años. Esta vez el conductor rompió su monotonía e intolerante advirtió: ¡please don't hold the door!

Ya en la calle, El Musgo, se incorporó al ordinario bullicio de la Avenida Roosevelt, arrebatando al viento una página de El Diario La Prensa, sucia y estrujada. Le llamó la atención la noticia que allí aparecía: "Cuatro adolescentes blancos son acusados de ultimar a joven inmigrante mejicano de diecinueve años, que regresaba en bicicleta de hacer una entrega de comida rápida en Staten Island, la policía indicó que los acusados lo agredieron insultándole peyorativos racistas, golpeándolo con bates de béisbol hasta matarlo. También le robaron entre diez y cuarenta dólares para comprar alitas de pollo frito en el mismo restaurante chino donde la víctima trabajaba."

***

Mario Rony Moreno (El Salvador, 3/21/1966), radicado en la ciudad de Nueva York desde 1985. Creó y dirigió la peña "Latinoamérica en el Bowery", en el Bowery Poetry Club; actividad literaria que tenía una presentación mensual con un poeta invitado, usaba los recursos del teatro experimental y música en vivo. Integró la Tertulia Aguafuerte dirigida por el catalán Ramón Codina en Carpo's Café en el Village. Ha dirigido la Tertulia Literaria Letra E en el Village en Bleecker Street. Allí se analizaba a un escritor consagrado y se daba lectura a los textos de los escritores locales. En el 2001 publicó el poemario *La Ventana al Revés*. Varios de sus trabajos han sido publicados en antologías, revistas y en internet.

Don Lalo

Juana M. Ramos

Padre de familia respetado, se asume con suerte mientras le echa un vistazo a su prole y a la mujer abnegada y paciente que le tocó en la vida. Aparte de la sonrisa fruncida y de la vaselina que sirve de tobogán a su cabello canoso y alisado, poco se sabe de los orígenes de don Lalo. En las cuatro esquinas del barrio que lo vio establecerse de joven, se rumora que llegó ahí gracias a sus pasos huidizos que dejaron el hogar paterno sin rumbo, pero con destino a alguna parte. Una vez afincado, se entregó de lleno al trabajo. Fue buhonero, sereno, barrendero, farolero (hasta que la luz eléctrica lo despojó de su sustento), cantinero, cobrador en los autobuses locales, mandadero y, finalmente, acarrea-bultos en el mercado central. Es precisamente en ese rubro en el que conoció a la que en el futuro lo haría el ufano propietario de la tienda más surtida de su barrio y que, de ñapa, le daría, sin chistar, siete vástagos, de los que sobrevivirían cinco. Podría decirse que esa tarde húmeda de abril le sonrió con todos sus dientes a don Lalo. Hoy, es pequeño comerciante emprendedor y celebrado, ceñido al mandamiento impuesto por su padre y por su abuelo: el de la canita al aire. Así, cada quincena, don Lalo se acicala para su visita puntual al mercado, donde habrá de echar la cana mientras escoge los productos que reposarán en las repisas de su establecimiento.

Religiosamente, su mujer, consciente de los múltiples deslices del orgulloso tendero, se suma a diario, tolerante, a la caterva de beatas en dirección al templo. Su vida, al lado de ese hombre que la miró a los ojos mientras le ofrecía sus servicios de lleva-bultos frente a la puerta del Salón Rosa, la había convertido en una mujer agria. Esa acritud la había empujado a los brazos del Señor de las Penas (al que a diario, a la hora del refrigerio, corría a aderezar para la misa de las 6) y a las mesas de todas las sibilas, mediums y videntes al acecho de los incautos y abatidos. En ambos lugares buscaba, con afán, el anuncio de un milagro. De más está decir que su madre le había advertido sobre los posibles dolores que esa relación le causaría. Su padre, por su parte, no había dudado en poner sobre la mesa el cacareado *Manual de Carreño* y todo el esmero con el que había sido educada, los sacrificios en los que había incurrido la familia para pagar sus clases de solfeo, piano y francés. Pero Carreño y sus modales y las ínfulas pequeñoburguesas del padre dieron al traste en el momento en que la niña Luci, ahora doña Lucinda, olfateó el sudor atezado que se desprendió de Lalo cuando este se echó sobre el hombro izquierdo la canasta de víveres y de abarrotes.

Mientras su mujer camina al templo, don Lalo aprovecha esa hora somnolienta de la tarde y se desparrama en el asiento de cemento que adorna la esquina transitada de su casa. Desde ahí, observa y arroja concupiscentes miradas que se esparcen por los pechos rudimentarios de las niñas que juegan al otro lado de la vereda y que lo aprecian como a un segundo abuelo. Más de un vecino se ha atrevido a salpicar de luz las oscuridades de don Lalo, quien, según ellos mismos, empieza a pagar las consecuencias. En la Casa Comunal, la que el tendero considera un gasto inútil de los impuestos ciudadanos, los vecinos comentan en voz baja que la debilidad que le cayó en el brazo izquierdo se debe a su forma libertina de apretar a Anitía, su sobrina; la repentina molestia en la cadera no es más que por su forma de pegársele y rozarla en los espacios apretados; la incipiente trabazón de la palabra, por las indecencias que susurra en su oído.

Don Lalo va secándose de a poco, sin remedio, va ajándose y perdiendo el movimiento y el habla. El médico de cabecera escupe, como quien se incendia la boca con un buche hirviente de café, un diagnóstico del cual la parentela concluye a grandes rasgos que el final será la atrofia, inevitable y total. Su familia no entiende cómo un hombre intachable y respetado por la comunidad pueda ser víctima de algo tan terrible. Él, el Santa Claus de cada Navidad, el regalo de Reyes, la piñata de los cumples, el papel maché de las manualidades, los dulces del Día de Brujas, las historias de los cuentos; ¡cómo es posible! Los que dicen saber cosas y las callan insisten en que a grandes males grandes remedios, y aseguran de que el viejo languidece, se marchita y va tulléndose, postrado y balbuceante, por castigo divino, justicia que no falla en esos casos. Los propensos a la ciencia insisten en que don Lalo huye diariamente de su cuerpo, el más imparcial de los jueces, cuyo sistema se ha volcado en su contra y lo sentencia día con día al entumecimiento y, de paso, le recuerda que hay algo en esta vida que se llama justicia terrenal.

***

Juana M. Ramos. Nació en Santa Ana, El Salvador, y reside en la ciudad de Nueva York donde es profesora de español y literatura en York College, CUNY. Ha participado en conferencias, coloquios y festivales de poesía en México, Colombia, República Dominicana, Honduras, Cuba, Puerto Rico, El Salvador, Argentina, Guatemala y España. Ha publicado los poemarios *Multiplicada en mí, Palabras al borde de mis labios, En la batalla, Ruta 51C, Sobre luciérnagas* y *Sin ambages/To the Point*. Es coautora del libro de testimonios *Tomamos la palabra: mujeres en la guerra civil de El Salvador (1980-1992)*. Además, sus poemas y relatos han aparecido publicados en antologías, revistas literarias impresas y digitales en Latinoamérica, Estados Unidos y España.

Universo paralelo

Edgar Smith

"Entonces, aquí lo veo, sí, que el coronel no tiene quien le escriba", abusa del sarcasmo y la confianza la bruja de Portobello. El coronel la mira sin enojo. Sin nada, pues. "Son sin duda, tiempos recios, mi coronel", sigue ella. Quizás él no dice nada porque sabe que es cierto: está más solo que nunca. La ciudad y los perros son su única compañía. "Si se queda, mi coronel, vivirá cien años de soledad", le dice ella, "pero vivirá".

Afuera, la hojarasca aúlla. Los cachorros juegan junto a la cerca. El coronel la piensa: *Lolita. Qué hueca se hace sin ti mi residencia en la tierra.*

La bruja le extiende una taza con un café negrísimo. Afuera, el bestiario canta odas elementales a la luna ya próxima. "Debo hallarla", sentencia el hombre. "¿Sabe a qué se enfrenta?" Pregunta la anciana. Con dureza, se lo dice, "sufre usted del amor y otros demonios, coronel. Ningún sufrimiento se le asemeja, ni siquiera el de la mala hora".

Le llegan rumores a la mente: *El poder y la gloria*. Todo aquello quedó atrás. Los miserables que marchaban bajo su mando están ya muertos o lo buscan ahora para matarle. *El poder y la gloria,* se repite mientras dirige sus ojos de perro azul a la colina. La anciana le observa en silencio, jugando rayuela con sus dedos enclenques y sus ojillos de liebre o rata sobre el mantel manchado. "Está usted en la casa de los espíritus, coronel, ¿le gustaría tal vez hablar con el general? ¿Con Paula?"

Suspira el hombre. Ya siente el peso de sus sesenta y siete años. *Lolita acaba de cumplir diecisiete,* lo piensa extrañamente, sin sentimiento, como quien piensa el titular de una noticia, tal vez la noticia de un secuestro o los funerales de la mamá grande.

Aun mirando hacia afuera, contesta, "Paula tenía muy poco qué decir en vida, imagínate después de muerta. Y el general, qué va, hay que dejar al general en su laberinto; que siga buscando el oro y la paz en los senderos de los muertos". Voltea entonces con algo de ímpetu. La bruja lo mira a los ojos y se quedan así por un minuto. "Dime dónde está Lolita. A eso he venido. Si no lo sabes, no me hagas perder el tiempo".

"La suma de los días no le alcanza, coronel. La muchacha no

es hija de la fortuna", dice. "¡Deja ya el paseo por el jardín de los enigmas y habla de una buena vez!" replica él casi perdiendo la paciencia. "He visto el Aleph, coronel: vienen por ella los heraldos negros. Es muy poco el tiempo que le queda". "¿Dónde la encuentro? Presiente que le llega la náusea, se lleva de instinto la diestra al cuello. No se le escapa el gesto a la bruja (ninguno de los gestos inútiles se le escapa), cual bosquejo de una teoría de las emociones trazado a lápiz de carbón sobre el lienzo del silencio.

"Más allá del invierno, coronel, más allá de la sombra del viento, ha de seguir la senda que hicieron los siglos hasta el jardín de los senderos que se bifurcan. Sus pasos le han de llevar por cumbres borrascosas hasta dar con ella".

Un ruido, desde afuera, le detiene las palabras, al filo ya de la lengua. El coronel empuña el fusil. La bruja mira hacia la puerta con expresión entretenida. "Nunca es más terrible la insoportable levedad del ser que cuando se está en el corazón de las tinieblas. Justo aquí, coronel, en este instante, cuando se presiente la propia muerte lejos de la sonrisa amada", dice la anciana con una mueca.

El coronel calla. Avanza dos pasos hacia la ventana y aprieta el fusil. La metamorfosis se ha llevado a cabo: la noche ha engullido la tarde. Es muy poco lo que sus ojos vislumbran entre las sombras.

"Dígame, coronel, ¿acaso ha valido la pena la Lolita?" Ahora sí voltea él y su mirada es un golpe de martillo.

No dilata en arrepentirse, sabe que ha ido demasiado lejos. "Perdone usted, coronel, es solo que su odisea se equipara al infierno".

Una vez más los ruidos. El coronel se concentra. *Esta bruja maldita no termina de hablarme claro. Tengo que salir de aquí con vida. La muerte y sus oficios no deben encontrarme en esta choza de mierda.*

El coronel ve al primer hombre lanzar algo por la ventana indiscreta. El otro rompe la puerta con el hombro y el impulso lo mantiene cayendo hasta sus pies. De inmediato se alza un fuego donde cayó el objeto lanzado. El coronel le dispara al tipo del suelo—a un escupitajo de distancia de la cara. Al mismo tiempo, el hombre multiplicado le lanza el cuchillo al de la ventana.

La bruja yace muda junto al aleph y al perfume agrio de las lilas marchitas. Muda, pero sin miedo. Las horas de aquel paisaje no son de temer. Sabe que ni a ella ni a su huésped le ha llegado su momento.

Con destreza de adolescente, el lobo estepario patea la cortina en llamas hasta silenciar la flama. No hay señas del otro hombre.

"Ni se le ocurra salir", le advierte la bruja. "No vaya a cogerle la medianoche en el jardín del bien y el mal", le dice a través de un bostezo. "¡Ya basta de metáforas y adivinanzas, carajo! ¿Cuál es mi rumbo?"

La bruja se levanta de la silla. Es evidente cuánto le cuesta. "Hacia el faro, coronel. Hacia el faro como por última vez caminó el general tras Paula", dice al fin.

El coronel suspira mientras le cae por completo el entendimiento. *Esta es la misma noche, la noche repetida.* Presiente que la bruja se ha quitado un peso de los hombros. Pero por alguna razón, la ve menos viva. Vuelve la imagen de su padre, el general, en las postrimerías de su aliento, y son parecidos el otoño de esta vieja bruja y el otoño del patriarca. *Así de seco y triste será también el mío.*

Después de recargar el fusil y recuperar el acero, después de otra taza de café y de posar su mano sobre el hombro huesudo de la bruja, el coronel sale a paso lento, como alguna vez su padre tras Paula.

La historia interminable, piensa. Su madre entonces y su mujer ahora, tiradas al llanto y ajenas al destino. Presiente que ha emulado a su padre en todo, hasta en esto de ir tras el amor a sabiendas de que solo hallará la fosa.

Se acomoda el sombrero, toca el cuchillo, y echa a andar camino al faro...

***

Edgar Smith, República Dominicana, escritor y traductor. Su trabajo ha sido presentado en varias antologías y revistas, ente ellas The Multilingual Anthology, Retrato íntimo de poetas dominicanos, *Hybrido, Azahar,* y *Fuáquiti.* Ha publicado catorce obras, destacando aquí: *La inmortalidad del cangrejo* (novela, 2015), *Voz propia/Voice of our own* (poesía bilingüe, 2019), *Gnuj & Alt* (novela en inglés, 2017), y *El palabrador* (cuento, 2013). Ha traducido trabajos para Kianny N. Antigua, Elssie Cano, y Belkis M. Marte, entre otros. Organiza el evento anual Versos Estivales, enfocado en la multicultura y la diversidad en la poesía. Además, dirige la casa editorial Books&Smith, en New York.

Sin lágrimas

Keiselim A. Montás

Corrían los días finales de junio del 2004, y yo deambulaba por las calles y avenidas de Buenos Aires. Me buscaba. No era la primera vez que me encontraba, buscándome, en tierras lejanas, y éste también era viaje de búsqueda. Mis días allí eran simples y rutinarios: por las mañanas a un café a tomar desayuno (café con leche y tostadas) y a escribir; cruzaba luego justo al frente a chequear "e-mail" en uno de los tantos centros de internet desperdigados por la ciudad; después salía a caminar sin rumbo y sin mapa (en cualquier dirección); en un momento, en cálculo impreciso, paraba, me subía a un taxi y pedía me llevaran al centro de la ciudad; sobre las dos de la tarde, si mal no recuerdo, tomaba la primera clase de tango (a eso dije haber ido a Buenos Aires), a la cual le seguía otra; después salía solo (pocas veces con alguien de la clase) y me iba a comer algo y a tomar un café para hacer hora de espera para la clase de las seis; después de la clase de las seis volvía al apartamento que había alquilado (un pequeño estudio en el 5to piso de un edificio en el Barrio Norte, sobre Larrea y casi esquina Pueyrredón y Santa Fe) –tan borrosa es mi memoria de ese viaje que hoy tendría que ubicarme en un mapa para saber con certeza donde estaba. Pero esas coordenadas las recuerdo bien, pues eran mi único norte para poder volver a casa. Después de ducharme salía a comer al DUERO (el mismo restaurante de todos los días, ya tenía mozo que me esperaba –linda persona–, y a comer lo mismo: un bife de chorizo y vino); luego volvía al apartamento e intentaba leer o volvía a escribir; de ahí decidía si salir a una milonga (donde el humo de los cigarrillos me mantenía siempre al precipicio de un estornudo) o meterme de una vez a la cama para esperar a que amaneciera.

En uno de esos días, en la clase de las seis de la tarde, se me había aparejado una chica holandesa (atractiva y un poco más alta que yo, si mal no recuerdo), y fue entre sus brazos que me llegó el nublazón y el aguacero (a cántaros). Los instructores nos pusieron a hacer un ejercicio poco común: nos pidieron cerrar los ojos para bailar una pieza, pero que ambos bailadores cerrasen los ojos (por lo general sólo uno cierra los ojos, no los dos; bailar a ciegas no es recomendable, estoy seguro), prometieron que ellos evitarían accidentes (después de todo no éramos tantas las parejas). El ejercicio consistiría en poner suma atención a una pieza con voz y una sola instrumentación de piano (una pieza que en realidad no es apta para bailar) con el objetivo de no sólo alcanzar una mejor conexión entre la pareja, sino también de conectarse con la música y poder seguir la cadencia (de por sí lenta), guiados por el tono de voz y el repique de las teclas del piano. Sólo dijeron que la cantaba un cantante queridísimo.

Cerré los ojos abrazado a esta chica cuyo nombre ni siquiera sabía, y comenzó la canción a puro piano. Me acogió de inmediato una ansiedad de búsqueda: necesitaba desesperadamente de una cadencia que seguir (ese paso marcado tan esencial en el tango bailable); pero esa introducción parecía zigzaguear casi ascendiente y serpenteando por el alto cielorraso del salón, o confundirse como humo entre esos bailadores que reflejados en los altos espejos (también a ciegas) parecían buscar –o esperar- con pasitos cortos y tímidos a que la canción revelara sus acentos. Un medio minuto de preludio, casi eterno y desconcertante, introdujo esa voz que apareció como si saliera de mí; como si ese timbre de voz y esas palabras no salieran a través de la malla negra de las bocinas del tocadiscos, ni de la boca de ese cantante cuya voz no reconocía entre mi repertorio de tangueros conocidos, sino de mí.

Me perdí por el cielorraso y en el espejo (debió haber sido por horas), pero al final de la canción desperté frente a la clase entera que me miraba, y yo apenas divisaba los gestos de sus rostros a través del empañado foco de mis ojos ahogados en un llanto que me brotaba copioso desde lo más profundo de todos los años de mi existencia. Saqué del bolsillo trasero mi pañuelo y me sequé las lágrimas; exprimir el pañuelo fue casi necesario. Me llené los pulmones de aire y dibujé una mueca parecida a una sonrisa en los labios, y continuó la lección. Al final, le pregunté al instructor que cómo se llamaba la canción y que quién la interpretaba. "Sin lágrimas" y la acababa de escuchar de voz del gran maestro Rubén Juárez.

Salí de la clase corriendo y entré en la primea disquera que encontré y allí compré el disco compacto titulado "El Álbum Blanco de Rubén Juárez". Regresé al apartamento y escuché la canción una vez, otra vez, y otra vez, y otra vez:

No sabes cuánto te he querido,
cómo has de negar que fuiste mía;
y sin embargo me has pedido

que te deje, que me vaya,
que te hunda en el olvido.

La escuché hasta que los vecinos del cuarto piso subieron a ver si se había roto una tubería; supongo que alguna gotera salada los habría tocado.

Ya ves, mis ojos no han llorado,
para qué llorar lo que he perdido;
pero en mi pecho lastimado,
sin latidos, destrozado,
va muriendo el corazón.

La escuché hasta que se me secó el pozo de lágrimas que llevaba dentro.

No puedo reprocharte nada,
encontré en tu amor la fe perdida.
Con el calor de tu mirada
diste fuerzas a mi vida,
pobre vida destrozada.

Esa noche decidí salir a bailar y fui a la milonga de la Confitería Ideal. Al llegar divisé sentada al fondo, mano izquierda, a la chica holandesa. Para mi sorpresa, ella mostraba con una sonrisa el alegrase de verme; más aún, se puso de pie y fue a recibirme. Hablamos poco, bailamos mucho, y a pesar de ser ambos principiantes, hubo quien nos dijera que hacíamos linda pareja de baile. Le pedí su número de teléfono y lo apunté en esa libretita que cargo conmigo a todas partes. Me dijo que se estaba quedando en una pensión o algo así. Quedamos en volvernos a ver y que la llamaría para concertar. Me pareció dulce y encantadora; alta, pelo rubio, ojos azules, delgada, y había ido a Buenos Aires a tomar clases de tango, como yo.

Por los siguientes tres o cuatro días, convencido de que me la volvería a encontrar en alguna de las clases o en alguna de las milongas, la esperé en vano. Al cuarto día decidí llamarla y así lo hice. Frente al teléfono, que hasta ese momento no había usado, saqué mi libretica, marqué el número, y una voz de encargada de pensión contestó preguntando que con quién deseaba hablar. Me di cuenta entonces, que había apuntado su número telefónico, pero que nunca le pregunté su nombre.

Y aunque mis ojos no han llorado,
hoy a Dios rezando le he pedido...
que si otros labios te han besado,
y al besarte te han herido,
que no sufras como yo.

***

Keiselim A. Montás Santo Domingo, 1968. Emigró a NY, 1985. Poesía: *Pequeños poemas diurnos* (1992 y 2005), *Amor de ciudad grande* (2006), *Allá (diario del transtierro)* (2012; ebook 2013), *Como el agua (colección de Haikus)* (2016), *Like Water (A Haiku Collection)* (2017); Cuento: *Reminiscencias* (2007); *Otras veces no sé (colección de relatos breves)* (2020); Ensayo: *De la emigración al transtierro* (2015); *Ínfimas apreciaciones literarias (2016)*; Tercer Lugar, 2001, en poesía, 27mo Premio Literario Chicano/Latino; Letras de Ultramar 2006 (cuento), y 2015 (ensayo); Primer Lugar XIX Concurso de Cuentos Radio Santa Maria, 2012; Segundo Lugar, 2014, y Mención de Honor, 2015, Premio de Cuento Juan Bosch. Editor y fundador de *Élitro Editorial del Proyecto Zompopos*; apasionado bailador de tango argentino. http://keiselimamontas.blogspot.com/

El celaje

Juan Nicolás Tineo

Corrí desesperadamente detrás del celaje de un traje blanco, que se desplazaba con pasos de relámpago. Hizo una derecha en la esquina, y yo detrás. Dobló a la izquierda y me mantuve mirándolo, siguiéndolo, con la intención de que me llevara con él. Pero, no me miró para haberse dado cuenta que aún estaba despeinada y que sus espasmos, el momento, esa frialdad y el calientito seguían adueñándose de mi pecho.

Continué caminando, siguiéndolo, esperando una respuesta. Sin embargo, no hizo caso al ruido acariciante de mis chancletas sobre el asfalto, tampoco notó que la gente se había dado cuenta de que yo estaba detrás.

Su falta de tacto provocó en el vecino, un efecto inconsciente que lo motivó a sumarle fuerza al volumen del radio para borrarnos, y con esto distraer a los demás moradores de Pueblo Nuevo, quienes ya se habían dado cuenta de lo que estaba pasando.

Cuando lo alcancé no había llegado todavía a la otra esquina. Aún mantenía su cara hermética, pero, sobre todo, su porte de superioridad que lo avergonzaba. No lo reconocí, se había transformado en un monstruo salido de los libros de caballería. Le exigí decirme cómo regresar. No pudo. Tampoco quiso explicarme por qué llevaba tanta prisa.

Lo vi aumentar la velocidad y alejarse. Tomó la calle perpendicular a mi derecha y desapareció. Mientras lloraba, un aire de alivio esperanzador me hizo volver.

A mi regreso no di muestra de haber llorado. Mi madre colaba café, creyó que todavía estábamos en el cuarto, jugando a los enamorados. Entré a la casa, seguí hacia la habitación, pasé las manos sobre la cama para borrar las marcas en las sábanas. Las cambié antes de que mi madre terminara de fumarse el cigarro. Luego fui a la cocina y me senté a su lado en la mesa, hablamos de mujer a mujer mientras nos tomamos el café. Me preguntó por el Mellizo.

Le respondí: No se sentía bien y se fue. Regresé a mi cuarto queriendo saber si mi primera noche le había gustado.

***

Juan Nicolás Tineo nace en Mao, República Dominicana. Vive en Nueva York desde 1992 donde se desempeña como maestro de español. Ha sido profesor adjunto en Queens College en el departamento Hispanic Languages and Literature. Tiene una licenciatura en Educación Mención Filosofía y Letras de la Universidad Autónoma de Santo Domingo, RD, 1992. Octuvo una maestría en Educación en Queens College (2005) y un doctorado en el programa Latin American, Iberian and Latino Cultures en The Graduate Center, CUNY, 2018. Es cofundador de The Hispanic/ Latino Cultural Center of New York, institución sin fines de lucro que desde el 2007 promueve las culturas hispanas/latinas y organiza la Feria Hispana del Libro. Su trabajo ha sido reconocido por oficiales electos y organizaciones comunitarias en la ciudad de Nueva York y en el marco de la XVIII Feria Internacional del Libro Dominicano 2015. Entre sus recientes publicaciones destacan *The Three-Legged Cat and Other Short Stories* (2020) y el poemario *Trapped in the Night* (2020).

Un chop, chop diabólico

Carmen Mata

—¡Ayúdame! ¡Ayúdame!

—¡Me falta aire! ¡No puedo respirar y si no respiro me derrito! ¡Haz algo! ¡amigo por favor!

Me dijiste que te imploraba tu amigo "El *Snowman*," mirándote suplicante desde el suelo nevado, levantando los brazos hechos de mis ramas. Ramoneándose en medio de la cara redonda como buscándose algo. Y que más arriba de arriba, arribota el sol inmisericorde lucía en todo su esplendor empeorando aún más la situación de tu amigo el hombre de nieve que se derretía. ¿Estas sordo? ¡ayúdame! ¡ayúdame! Me dijiste te gritaba mientras comenzaba a sudar frio poco a poquito en pequeñísimos, copitos blancuzcos. Lo primero en rodar, me dijiste

—Fue el negro sombrero que se ladeó sin siquiera tocar las orejeras, yendo a morir en la grama frizada del camino cerca de ti.

—¡Ay! ¡ay! ¡me desfrizo! ¡me asfixio! Me derrito- me dijiste, te decía tu amigo desesperado. Halándose la florida y tejida bufanda de lana de tres distintos colores de azules.

—Pero por qué no lo ayudaste? —Te pregunté? y tú dijiste

—Tú sabes bien por qué? Yo solamente podía míralo desde arriba con mis ojos de hojas perennes.

El sol continuaba reverberando y el *Snowman* gritaba hasta desgañitarse

—¡No puedo respirar! ¡me derrito! ¡me deshielo! —Se lamentaba entre sollozos acuosos. Y de los diez botones rojos que en forma de medialuna formaba su boca rodaron seis. Seis, pero no la pipa. Los seis botones espesaron el montoncito de nieve que se iba formando por el continuo y lento deshacerse del hombre de nieve. En la bola grande que formaba su torso, tenía tres botones grandes y redondos: Uno azul, otro amarillo y el tercero verde. Y en un movimiento brusco del *Snowman* ramoneadose y de un copo de nieve grande que venía descendiendo a millón se desprendió el segundo botón, o sea, el amarillo y la bufanda de los tres diferentes azules.

—¡Ay!! ay! ¡que me desfrizo! —Me dijiste que continuó diciéndote tu amigo mientras se ahogaba en su propia sangre no, no, en su sangre no sino en su nieve.

—¿Y qué haces **tú?**

—Yo, nada, mirarlo deshacerse en agua, —respondiste.

Rodó la orejera y con esta ocho botones: un azul, un verde, y los 2 botones negros de los ojos.

—¡Ahhhhh!

Y los cuatros botones rojos restantes que formaban su boca, trayendo consigo la pipa plateadas. Me dijiste que lo último en caer fueron mis ramas que formaban sus brazos, los cuales resbalaron a derecha e izquierda del charco que contenía todo lo que fue tu amigo El hombre de nieve. Me dijiste que al verlo derritiéndose quisiste ayudarlo, pero cómo desde nuestra condición de pinos. Y El *Snowman* **aún convertido en charco decía:**

—¡*Darling,* no puedo respirar, me derrito, me derriiito — dijo dirigiéndose a su esposa, La *Snowwoman.* Y esta, sin mirarlo siquiera detuvo al mismo tiempo el cuchillo y el sonido peculiar que hacen los vegetales al ser rebanado y exclamó:

—No te apures, *honey,* que estoy preparándote una sopa suculenta, picante y calientísima para que te repongas, solo me falta echarle esto… Y sin inmutarse, continúo impertérrita su *chop, chop, chop* diabólico rebanando la zanahoria.

***

Carmen Mata nació en Santiago, República Dominicana y reside en Nueva York desde 1980. Cursó estudios universitarios en la Universidad Pedro Henriquez Ureña y en Herbert Lehman College en el Bronx, NY. Fue maestra durante 17 años en su país y 20 años en Nueva York como asistente de maestros. Tiene publicado el libro de cuentos *El día que los Jackson me cayeron encima.* Perteneció a los grupos literarios: Palabra Expresión Cultural y a Espacio de Escritores. Sus trabajos han sido publicados en revistas y antologías como: *Los pétalos del martillo, Hybrido, Alhucema. Nosotros contamos, Siempre,* Trazarte. Ha presentado su trabajo en espacios culturales en República Dominicana y Nueva York.

La unidad

Gustavo Arango

El hombre encargado de buscar la unidad pasó por peligros terribles, pero consiguió encontrarla. Llamó del aeropuerto y dijo que vendría sin demora, dijo que tomaría un taxi de inmediato. Se nos ocurre ahora que fue una imprudencia dejarlo tomar un taxi. Pero como habíamos dejado de esperarlo, como no sabíamos cuándo regresaba y ni siquiera teníamos certeza de que fuera a regresar, no hubo tiempo para preparar los dispositivos de seguridad. Lo ideal habría sido que nuestros muchachos lo recibieran en el aeropuerto y lo condujeran en nuestros vehículos hasta nuestras instalaciones. Pero, como ya hemos dicho, las pocas esperanzas que nos quedaban de que regresara nos hicieron bajar la guardia y nadie estaba en el aeropuerto para recibirlo. Se nos dirá que pudimos pedirle que esperara en un lugar seguro mientras los nuestros llegaban. Pero pudo más la impaciencia, la emoción de ese momento en que escuchamos su afonía jubilosa anunciando en el teléfono que ya estaba en la ciudad, que hacía sólo unos minutos había aterrizado y que tenía la unidad entre sus manos. No se nos culpe por la imprudencia que amenaza la empresa en los últimos instantes (alguien recordó la historia del sujeto que atravesó a nado el Canal de la Mancha, ¿o fue el Canal del Dique?, y lo hizo todo bien hasta muy cerca de la orilla, ya a punto de alcanzar terreno firme, cuando un calambre inoportuno lo hizo morir ahogado). Él, nosotros, ustedes, todo el mundo estaba trastornado por la emoción y nadie conservó la cabeza fría en ese instante. Así es que colgó el teléfono y ahora lo estamos esperando, imaginando los peligros a que se expone en la calle —temiendo convocarlos con sólo imaginarlos—, solo, en un taxi, en medio de la multitud impredecible y peligrosa, con la unidad en las manos. Eso, aunque nos cueste admitirlo, es lo que más nos preocupa, que tenga la unidad en sus manos, porque fue lo que dijo cuando hablamos por teléfono, que la tenía en las manos. Ni siquiera habló de valijas o de bolsillos, mucho menos mencionó cajas de seguridad. Habló de manos, se refirió a ella como quien describe una joya que sus dedos acercan a sus ojos en ese mismo instante. Lo dijo como si nunca hubiera vivido en esta ciudad donde hay tantos dispuestos a arrebatar lo que la gente lleva en las manos, sin consideración, sin miramiento, sin valoración previa. Arrebatan simple e impulsivamente y después, mucho después, cuando ya están seguros de no ser capturados, se dedican a valorar lo arrebatado. Si les parece que vale, piensan en un lugar donde puedan convertir en dinero lo que acaban de robar. Si, a sus ojos, lo arrebatado carece de valor, lo arrojan al suelo, sin dedicar ni un instante a considerar la pena y las dificultades que le han podido causar a su víctima. Nos atrevemos a pensar que, si alguien le arrebata la unidad a nuestro hombre, la decisión, después de la carrera y el escrutinio, será arrojarla al suelo o a la basura, con furia, insultando a la suerte por el esfuerzo vano. A simple vista, la unidad no parece algo valioso, tiene forma cercana a la de un perno de mediano tamaño, a la de una esfera de hierro promedio, a nada que pueda tener algún valor. Pero ése no es el único riesgo. Nuestro hombre también parecía cansado, su voz era la de un hombre que viene de muy lejos y ha hecho el recorrido en penosas circunstancias. Nos preocupa también -aunque nos resistimos a imaginar la escena, el peligro- que se quede dormido y que sus manos despreocupadas, sus dedos exhaustos, abandonen el celo con que hasta ahora han cumplido su tarea. Pudiéramos seguir considerando los peligros que se ciernen sobre él, pero es una tortura insoportable. Lo único sensato y tolerable que nos queda por hacer es reunirnos al pie de la ventana y esperar —hombro a hombro, temblor contra temblor—, mirar todos la calle sin hablar ni parpadear.

***

Gustavo Arango es profesor de español y literatura latinoamericana de la Universidad del Estado de Nueva York (SUNY), en Oneonta. Fue editor del suplemento literario del diario El Universal de Cartagena de Indias. Recibió el Premio Nacional de Periodismo Simón Bolívar (Colombia, 1992); el Premio Internacional Marcio Veloz Maggiolo (Nueva York, 2002), por *La risa del muerto*, a la mejor novela en español escrita en los Estados Unidos; el Premio Bicentenario de Novela 2010, en México, por *El origen del mundo*; el International Latino Book Award 2015, a la mejor novela histórica en español, por *Santa María del Diablo*. En octubre de 2013 fue el autor homenajeado por la New York Hispanic/Latino Book Fair, en el marco del Mes de la Herencia Hispana.

Fábula del bien

Isaac Goldemberg

Mientras el bien vivió sepultado en una cueva, no supo nada acerca de los humanos, pero al salir al mundo empezó a conocerlos y se alarmó por lo que escuchó de ellos.

Se contaba que el humano era bueno pero que estaba dominado por el instinto y que hubiese preferido una muerte tranquila en lugar de tener la responsabilidad de vivir.

Una vez unos humanos fueron coronados ante un gran público y se cayeron unas tablas y unos muros donde el bien se encontraba y murieron 20,000 presentes. Otra vez otros humanos fueron criticados por la guerra que se desencadenó con el planeta vecino y en la cual los ejércitos humanos fueron vencidos. El bien vio que los humanos estaban siempre rodeados de predicadores del futuro, curanderos, hipnotizadores, gente que aseguraba haber visto al Ser Supremo, etc.

El bien había visto a los humanos y si ellos le pidieran ayuda, él podía hacerlo. El lado fuerte del bien era las luchas de las almas, pues el alma gobernaba al cuerpo y el que curaba el alma, curaba también el cuerpo.

Un día los humanos se encontraron en medio de una terrible tormenta: huelgas en los cuatro rincones del planeta, desórdenes en el parlamento planetario, y todo esto disgustaba al humano. El bien no era un político, pero al ver el pesar de los humanos, no pudo permanecer indiferente.

A comienzos de año, tuvo la oportunidad de encontrarse varias veces con los humanos, quienes lo recibieron en su palacio y para el bien esto significó haber llegado a la cumbre. Uno de los gobernantes era alto, hermoso, de pelo negro, de ojos pardos y delicados, pero cada vez que se emocionaba su cara se llenaba de ronchas. Él criticaba a la sociedad de los humanos y decía que esta era inmoral. Parecía un buen padre de familia, ¿pero sabía gobernar el planeta? La hija del humano se enfermó y tuvo un derrame de sangre interno. El humano decidió llamar al bien. Al llegar, este puso de lado todas las medicinas que habían recetado los médicos, se sentó a la cabecera de la cama de la enferma y ni una sola vez tocó a la niña con sus manos y sólo la miraba con una mirada profunda.

Al día siguiente la niña sonrió y todos estuvieron de acuerdo de que este era un milagro. El bien se basaba en el amor que sentía por el humano y le traspasaba la fe en sí mismo.

Desde ese día la reputación del bien fue ya de otra escala, llegaba al palacio frecuentemente y jugaba con la niña. El bien hablaba con los humanos con honestidad y sencillez.

Así el bien se convirtió en una fuerza muy solicitada por los humanos más célebres del planeta. Él nunca exigió dinero por sus servicios, pero el humano se lo daba sin preguntarle y sus bolsillos empezaron a llenarse. El bien aconsejaba salir los domingos a paseos, ver la naturaleza y levantar los ojos al cielo y sentir que había un solo Ser Supremo.

Sin él hacer nada, poco a poco se fue creando alrededor del bien un mito. Decían:

Él no sólo atenúa el alma, puede también atenuar el deseo de la carne y alentar el amor espiritual.

Contaban que tenía un enorme miembro viril, pero que su corazón era de santo. Con el tiempo se recibieron quejas con respecto al comportamiento del bien. Los humanos investigaron sus actos y llegaron a la conclusión de que el bien era un pícaro y un impostor, que usaba su poder de convencimiento para atrapar a los humanos y que tenía unos impulsos sexuales desenfrenados, que había seducido a varios humanos y que era un pecador del peor grado.

Pero en su fuero interno el bien sabía que era un santo verdadero, un santo especial. En lugar de elevarse limpio de pecados, él lo hacía después de pecar él mismo. A pesar de ser santo, él continuaba con todas sus debilidades y defectos, siendo por ello más cercano al humano y no hería al Ser Supremo, sino que lo servía en la oscuridad y en la luz. Para él, el deseo carnal no era un pecado, sino un excelente medio para llegar a un éxtasis religioso superior.

Un día, en vista de la gran oposición del humano contra él, el bien decidió sepultarse nuevamente en la cueva de donde salió. Desde la entrada exclamó:

Al Ser Supremo le gusta que el humano se arrepienta de sus pecados, pero para que haya de que arrepentirse, primero hay que pecar. Si no existiera el mal, tampoco podría existir yo.

***

Isaac Goldemberg (Chepén, Perú, 1945). Reside en Nueva York desde 1964. Es autor, entre otros, de *La vida a plazos de don Jacobo Lerner*, traducida a varios idiomas y considerada como una de las 25 mejores novelas peruanas de todos los tiempos y una de las 100 obras más importantes de la literatura judía mundial de los últimos 150 años. Su libro más reciente es *Sueño del insomnio/ Dream of Insomnia* (México: Paserios Ediciones, 2021).

Mujer decapitada

Alejandro Varderi

Cáncer; ese había sido el diagnóstico. "Cáncer", se repitió María Josefina para que la palabra empezara a hacerse espacio en ella y la pusiera abruptamente ante su propia mortalidad. Y pensar que no comía, no bebía, no fumaba ni tomaba pastillas ni se drogaba ni trasnochaba; que caminaba todos los días en torno al reservorio de Central Park, subía al Ávila y nadaba la longitud completa de la bahía de Juangriego cuando volvía a Venezuela, y sin embargo iba a morirse de cáncer. Muy injusto le parecía, sí señor, pero así es la vida. Quizás si hubiera dedicado más tiempo a sus hijos, quizás si hubiera hecho algo de sí misma más allá de un diletantismo permanente, quizás entonces... pero no. *Too late* le habría dicho Fifí. *Too late* le habría dicho Mimí. *Too late* le habría dicho Arturito. Sí, así es la vida, imprevisible y perversa en sus recovecos más insospechados.

María Josefina, estupenda aún gracias a sus tratamientos de belleza, sus curas de adelgazamiento, sus masajistas, manicuristas y estilistas. María Josefina, sentada con el marido *strigth up* en la banqueta de la esquina derecha de la barra del "Divino", ¿dónde más?, con una Perrier enfrente, mientras escucha tarantelas y las melodías de Domenico Modugno.

Debían empezar por reducir el tumor, le dijo el médico, con varias sesiones de quimioterapia, para después operar y esperar que ninguna célula cancerígena, algún nódulo rapaz se reprodujera o escondiera entre los tejidos circundantes. Iba a perder el pelo, claro. Iba a desprenderse de su cabellera siempre cuidada, peinada, iluminada. Iba a experimentar cambios dolorosos en su piel tan hidratada, depilada, alisada. Iba, pues, a entrar en un túnel de agonías y al final, porque vale más no hacerse ilusiones, el descanso definitivo. Las opciones entonces eran, o sumergirse en tales profundidades o dejar que el tumor la devorara en un santiamén, a ella, a María Josefina. Quien ciertamente no había nacido para sufrir. Quien indudablemente no estaba hecha para el martirio. Quien definitivamente no tenía en su organismo una onza de tolerancia hacia los padecimientos ajenos y mucho menos los propios.

¿Qué hacer cuando no se dispone de paciencia para la

enfermedad, pero el pudor tampoco nos deja espacio para el suicidio? ¿Cuáles son las alternativas? Por lo pronto besó al marido, salió del restaurante, llegó a la casa, se vistió con ropa más cómoda y bajó a pasear al perro, atravesando sus calles predilectas, sus avenidas favoritas. Madison, Park, Quinta, entre 62 y 72 con sus edificaciones perfectamente mantenidas, sus tiendas supremamente civilizadas, sin lugar para las desdichas y la desesperación, al menos en la superficie. Pues, quién podía imaginarse que ella, tan bella, tan exquisita, tan acostumbrada a los privilegios del dinero y los apellidos, caminaba por allí con el cáncer en el cuerpo. No; era ilógico, una broma pesada, una mala película. El *faux pas* de la bailarina que le hubiera gustado ser, cuando su madre la llevaba a las reuniones del Club del Ballet y a los ensayos de la Escuela Nacional, que la Nena Coronil creó por los ya muy lejanos años cuarenta del pasado siglo.

Apenas despuntaba entonces la danza en Venezuela y María Josefina quería estar allí, protegida al interior de aquel centro secreto, que sus compañeras del Merici y luego las Ursulinas nunca comprendieron; porque no se veía nada bien que una niña como ella, criada entre las paredes que una vez alojaron al mismísimo Libertador, se pusiera un tutú y unas zapatillas. "¡Absurdo!", habrían dicho sus hermanas. "¡Absurdo!", habrían dicho sus primas. "¡Absurdo!", habría dicho la tía Catalina, quien solo abandonaba la privacidad de su cuarto para ir a misa los domingos y fiestas de guardar.

No era ahí de extrañar que cuando Pedro Julio se le declaró en olor de tanta santidad, ella, colgando las zapatillas, le hubiera dado el sí, cuando lo sensato habría sido huir más rápido que inmediatamente; porque muy pronto él perdió el interés, relegándola al papel de madre y esposa. Un papel que a María Josefina nunca le sentó bien, desoyendo así la opinión generalizada en su círculo, sobre el dolor y el sacrificio de la vida conyugal, donde la mujer era decidida por el hombre y el placer sexual mesa reservada para las malas mujeres.

Y María Josefina por años se perdió el banquete. Casi sin darse cuenta tuvo dos hijos que no crió, pues quedaron encomendados a las cargadoras y al servicio, y tampoco educó ya que su marido los internó en una academia militar de donde no volvieron. Extraños, los reencontró varios lustros después en sus respectivas bodas, cuando Pedro Julio era solo un mal recuerdo y ella vivía con Günter entre Caracas, Nueva York y París, recibiendo en sus casas del Country Club, Park Avenue y Place Vendôme al jet-set de ambos continentes.

Aunque aquellas zapatillas de infancia, como los *red shoes* de Moira Shearer, le salieron nuevamente al encuentro cuando Noel le propuso crear con Leo una compañía internacional de danza, aprovechando el éxito que las coreografías de este habían tenido en Nueva York. Así que se subió con ellos al carro y la vida cobró otros sentidos, pudiendo a partir de entonces alternarla con el lugar burgués de sus costumbres en la Caracas del primer boom petrolero y los centros comerciales, que los setenta y ochenta abrieron en las laderas de las colinas, como para que la Sultana del Ávila no olvidara nunca quien la penetraba con el concreto de sus nombres.

Sin embargo, tampoco con Günter alcanzó la estabilidad emocional que las prerrogativas mismas le habían hurtado. También él, como su padre y el exmarido, quiso controlarla en lugar de emanciparla, por eso se refugió en el lugar de la Compañía y el gimnasio, dejando que Günter se distrajera en camas más dispuestas. Entre ellas, la de una ejecutiva vasca, quien acabó llevándoselo con las empresas, acciones y casas surgidas del primer esplendor de sus amores. Otra pérdida para María Josefina que redundó en un divorcio donde también salió perdiendo, por no desencadenar un escándalo legal nada cónsono con ella, pues los alborotos de cualquier índole estaban más allá de lo soportable. De ahí que mientras paseaba al perro, pensara en cómo haría para llevar su enfermedad reservadamente, sin espavientos inútiles, grupos de apoyo y marchas en pro de la cura, que en el fondo no eran sino formas estériles de canalizar el miedo.

"¿Es Nueva York la ciudad de las mujeres solas?", se preguntó, cruzando por la 69 y Quinta, con la sonrisa de recordar cómo, tras lo de Günter, decidió que ya estaba bien de Venezuela; especialmente cuando las décadas de bonanza petrolera llegaban a su fin y el dólar a 4,30 había quedado en el pasado. Así que liquidó lo que le había quedado del naufragio, instalándose en un palomar de aquella misma esquina para vivir sola por primera vez.

En cuanto a sus hijos, los sentía igualmente lejanos a pesar de vivir a escasas horas de Manhattan. Por eso los encuentros con Noel, Leo, Simón y algunas compañeras de infancia, entonces atrapadas en las rutinas que María Josefina se había negado a seguir, llenaron sus días hasta el aterrizaje literal de Gordon, en medio de sus rieles rodantes cargados de alta costura y el tocador con los productos que, realzando las excelentes cirugías plásticas, hacían de su medio siglo un prodigio de perfección.

Un aterrizaje literal, ya que se conocieron en el vuelo Nueva

York-París de TWA, con María Josefina yendo a la Académie des Beaux-Arts para el homenaje a Maurice Béjart y Gordon cerrando un contrato con CNP Assurances. Y aun cuando este no tenía ni el espíritu de novillero trasnochado de Pedro Julio, con sus *longplays* haciendo de capote las tardes cuando la iba a visitar, ni la sagacidad de Günter para crear un imperio económico de la nada, sí poseía esa solidez y prudencia propias de los empresarios que desde tiempos coloniales habían hecho de Nueva York el centro financiero por excelencia.

Hacia allí apuntaba ciertamente María Josefina en esta tercera etapa de convivencia matrimonial, emplazándola los últimos 20 años en el corazón de las venerables instituciones donde Gordon tenía voto; pudiendo ella hacerse con una esquina de cielo, de dimensiones mayores a la que había movido su espíritu tras los altos muros del internado de monjas francesas en su adolescencia, había enmarcado las fiestas de juventud donde los vestidos llegaban directamente de París, y se había extendido sobre los invitados que circulaban por sus jardines y terrazas en los *lunches* de su época con Günter.

Los almuerzos la sorprendían, sin embargo, desmigajando el pan o haciendo círculos con una pulsera, mientras su mente se dirigía hacia los encuentros con los amigos que sí ocupaban un lugar privilegiado en la arqueología de sus recuerdos: Noel, con quien podía quedarse en sostén y pantaletas para tomar el sol en un *bateau* por el Sena. Leo, descubriéndole los clubs de jazz más escondidos en los *quartiers* de Nueva Orleáns. Simón, llevándola a los pubs más divertidos del West End londinense, o con Nicolás, meciéndose en un columpio sobre la pista de baile del "Roxy" neoyorkino.

Quitando algunos episodios excepcionales, solo había experimentado con Günter desacomodo, por no decir fastidio. Fastidio, sí, pero no el fastidio argumental de Teresa de la Parra, autora con quien la unían lazos familiares por los cuales también sobrevoló, sino un fastidio vecinal hacia los hombres criados en la muy vernácula convicción de poseer las haciendas con todos sus contenidos dentro, incluidas las mujeres que aquel trópico educó para satisfacer sus caprichos más nimios. Pero no ella; no María Josefina. Por eso al establecerse en el área delimitada por las calles recorridas esta noche con particular atención, comenzó a hurtarse en los regresos, y dejó mejor que fuera su nombre la presencia habitual en las páginas sociales caraqueñas, eliminando así la eventualidad de que pudiera aparecer en las de sucesos, tal cual le sucedió a una amiga de infancia cuyo marido fue asesinado por el hampa, frente a ella y en su propio *living room*.

Viendo la masa oscura de Central Park, mientras el perro olisqueaba la piedra de los muros, María Josefina se sintió segura, devolviéndose ahí a la paradoja de que el peligro residiera en el cuerpo suyo y no en el de la ciudad. Pero así había entendido siempre la existencia; como una búsqueda constante del balance entre sus necesidades y las de sus maridos, que inteligentemente había encontrado construyendo un espacio inaccesible para ellos en el lugar que cada uno llenó con sus negocios, sus infidelidades y sus humores. Algo aprendido de las bisabuelas, abuelas, madres, tías, incluso hermanas, cual imágenes repetidas en las ramas del frondoso árbol genealógico, cuidado con esmero por el primo Arturito para evitar que, con excepción de la propia, alguna creciera torcida.

María Josefina lo sabía y entendía, dándole ciertamente a Arturito un lugar en el ramillete de admiradores arremolinándose a su alrededor, las horas entre la visita del masajista y la llegada de Gordon, cuando ofrecería té y simpatía a quienes permanecían aún de su pasado. *"Wrasping the moment"*, evocó, mientras ponía en una bolsita plástica los desechos del perro, de aquella vida tan intensa en su juventud, recordada como un período de esplendor marcando el paso a años donde la magnitud del vacío abarcó lo que quedaba de ella. Dónde pues las fastuosas fiestas, las veladas extraordinarias con la *intelligentsia*, los grandes gestos del arte y la música. Vida esfumada hacia tanto, para que esta ya próxima muerte fuese la conclusión a una aniquilación que venía de lejos, solo para rematar lo que por tanto tiempo había estado perdido.

El celular sonó, con Gordon anunciándole que ya estaba en casa, y María Josefina empezó a desandar sus travesías de regreso. Otra vuelta, otro retorno interrumpido por una parada junto al árbol frente a la tienda de Valentino, en Madison Avenue, que a esa hora de la noche encendía el pavimento con el espectáculo de sus confecciones colocadas sobre maniquíes sin cabeza. María Josefina sonrió, al advertirlos como alegoría de la dirección hacia donde había tendido siempre su existencia; una dirección decidida por maridos que la condujeron de la mano, cual si se tratara ella también de una mujer decapitada.

Efectivamente, Pedro Julio, Günter, incluso Gordon pese a la comprensión y buen carácter, determinaron las instancias donde podía trasplantarse y crecer como otra flor de sus invernaderos particulares, pues exceptuando los meses cuando residió en el palomar neoyorkino, nunca dispuso libremente de sus días. Mantener el frágil equilibrio de la vida conyugal, requirió entonces el caudal de paciencia y disciplina del cual había hecho acopio, desde la época cuando ensayaba sus pliés y practicaba escalas con Anita, quien acabó sacrificando el piano en aras de un matrimonio concertado por los padres y condenado al fracaso desde la pedida de mano.

"Pobre Anita", pensó, rememorando a la amiga, que del voluntariado en los comedores populares de "Fe y Alegría", y su labor educativa con la "Congregación de Hermanas Servidoras de Jesús del Cottolengo del Padre Alegre", cayó tras el divorcio en una profunda depresión, postergándola en camisa de dormir por las habitaciones del caserón familiar en Campo Alegre, con su ejemplar de *Camino* y un vaso de *scotch on the rocks*.

Mientras atravesaba Park Avenue, se dijo que probablemente Gordon habría hecho ademán de quitarle importancia a tales reflexiones, especialmente porque siendo judío siempre tuvo cerca el estallido de algún drama asociado a la fe. Por eso María Josefina le agradecía el pragmatismo con el cual había tomado su enfermedad y, de cierto modo, la preparaba mejor para lo que se avecinaba y estaba decidida a enfrentar, mirándolo cara a cara, desde los mismos ojos puestos sobre tantas cosas bellas a lo largo de sus días.

La belleza, sí, porque lo desagradable era mejor confinarlo bajo llave y no lamentarse por aquello roto *"beyond repair"*, habría agregado seguramente Arturito. El primo Arturito, siempre dispuesto a entretenerla con múltiples referencias a la chismografía y lo último del *tout* Caracas, o lo que quedaba de él tras las migraciones y reclusiones, donde se la evocaba al felicitarle el cumpleaños e incluirla en la lista de las más elegantes de todos los tiempos; pero que ella escuchaba cual si se tratara de otra mujer.

Esa distancia entre sí misma y la percepción de los otros, resultó muy provechosa al momento de ajustar sus intereses a las particularidades de la constelación en que orbitaba, gracias a Gordon, y donde una caída imprevista habría resultado catastrófica. Por eso admiraba la cautela de amigas como Dita quien, aun viviendo con el marido y los hijos, tenía un amante al cual invitaba frecuentemente, junto con la esposa de este, a las cenas donde celebraban las fiestas en familia.

O la determinación de María Laura, cubriendo con una sonrisa de seda el sitio donde su cabellera estuvo una vez, y era lo único luminoso en aquel cuerpo vulnerado. Rosa cegada, ajena sin embargo a la biología de los ojos, cual lugar de todas sus incertidumbres, donde se instaló, los meses duros, una luz de carretera oscura alumbrando su urgencia de agradar, el rouge encendido de las mejillas, la transparencia de la piel… Había algo inteligente en el espacio que ocupaba María Laura, frente al mar de la casa margariteña en que María Josefina la visitó por última vez y en la cual se había establecido, gracias a un marido asegurándole el puesto en una sociedad que, no obstante, la vio siempre como una arribista, una extranjera. Ello, desde que el hombre la rescató de un convento castellano, y la instaló frente al mediodía de ese Caribe continuo y consecuente, en su labor de romper contra las costas de la isla donde María Laura había encontrado finalmente reposo.

Aunque tampoco era para que de tantas incertidumbres emergiera ella, María Josefina, como mártir porque no solo se le acababa esta vida, sino la vida y punto, no. Para nada iba a seguir los pasos de María Laura quien, cuando supo que iba a ser intervenida por última vez in extremis, mandó a airear completamente las habitaciones, lavar totalmente la ropa, y así la noticia de su propia muerte la encontraría al menos con la casa limpia. "Otra ridiculez", consideró María Josefina. Pero cómo iba a ser de otro modo, si a la pobre María Laura sus padres la dejaron en el convento y se vinieron a Venezuela sin siquiera despedirse. Muy triste, sí, especialmente porque tras el fallecimiento de María Laura el esposo se había convertido en una ruina humana, vegetativa, sin energía vital, dejando que fuera la huella de las manchas de humedad en las paredes, el único rastro del lugar donde estuvieron una vez los cuadros y retratos de María Laura.

"¿Caerá Gordon en una depresión similar?", le sobrevino como un flash a María Josefina. Aunque no, Gordon no era de los que se desmoronan frente al drama, en eso también se parecía a ella. Conocedor, sin la solemnidad de los restantes hombres en su vida para quienes cada gesto tuvo siempre el peso de las cosas trascendentales; y con la generosidad de espíritu que igualmente María Laura le había demostrado, cuando al darle la noticia de su enfermedad y decirle que la operaban en breve, sentía no poder felicitarle el cumpleaños pues iba a estar en la clínica ese día. Un ejemplo llevándola a visualizar los posibles panoramas de su propio calvario, con la lucidez puesta en cada uno de los estadios donde se había movilizado hasta entonces su devenir.

El reloj marcaba ya las once y media, hora esta de recogerse como siempre lo había hecho. Otro de los secretos para estar radiante: nunca en cama después de las doce; incluso en sus propias fiestas, donde desaparecería discretamente, dejando que fueran sus maridos quienes despidieran luego a los invitados y dieran órdenes al servicio, a fin de que a la mañana siguiente todo rastro de la noche anterior hubiera desaparecido.

"Muy afortunada he sido", reconoció, pensando que, dentro de todo, tanto Pedro Julio como Günter, y por supuesto Gordon, no la llevaron por los vericuetos del deber ni la abnegación impuestos a sus hermanas. La mayor, cuidando la diabetes del esposo hasta que la ceguera, amputación de una pierna e invalidez generalizada lo acabaron; y la menor, haciendo de enfermera del suyo tras décadas de incontrolados excesos. O en el caso de una prima radicada en París, yendo al comienzo de cada estación a las tiendas infantiles, para comprarle los trajes, zapatos y accesorios a una muñeca tamaño natural, que peinaba y acicalaba regularmente, buscando paliar una maternidad yerma y la pérdida de una madre incapacitada, a quien vistió y perfumó por décadas cual si se tratara de una muñeca rota.

No sin embargo María Josefina. Radiante siempre, pues no hay mujer que pueda emularla cruzando ante la piel de los portales flanqueados por porteros uniformados, en cuyas miradas su imagen quedaría cosida al pasar, como la parte de la ciudad sujeta al interior del perímetro delimitado por los faroles. Su silueta, amortiguada por el follaje de los árboles, el perfil abriéndose a los claroscuros de un nocturno en Manhattan.

María Josefina, llegando finalmente a la esquina de su calle. El ruido de una alarma en la distancia alertando al perro junto a ella. Murmullo del agua, en la fuente del edificio contiguo escoltándola, mientras entra a su propio portal y se incorpora al silencio de las paredes, protegiéndola.

***

Alejandro Varderi es un narrador y ensayista venezolano. Sus novelas incluyen: *Bajo fuego* (2013), *El mundo después* (2017) y *De aquí y de allá* (2020). Entre sus libros de ensayos se encuentran: *De lo sublime a lo grotesco: kitsch y cultura popular en el mundo hispánico* (2015), *La pasión de ver: imágenes de la literatura y las artes* (2018) y *Cámara, acción, reacción: cine e intolerancia en Iberoamérica* (2020). Coedita la revista *Enclave* desde el Graduate Center de la City University of New York donde se desempeña como profesor de estudios hispánicos.

Espero por Elena

Omelino Bermúdez Campollo

Elena es la puta más esplendorosa del burdel en la calle 42 en Manhattan. A las cuatro de la mañana cuando termina mi turno de lavar trastes en El Persépolis; me deleito en ir ritualmente a verla pasar con su andar de animal inocente y salvaje.

Puedo verle el rostro sin esas luces que se apagan y se encienden. Ella y sus compañeras, todas emigrantes rusas, salen del burdel The Man Paradise; por unos instantes en que dura la caminata de la casa de citas a la estación del metro, la calle se convierte en una pasarela de moda en su desfile de invierno. Sus chaquetones rusos les hacen ver elegantes como si se encaminaran a ver al Zar. Sus rostros finos, el cabello brilloso, el cutis terso y el perfume que despiden a su paso, hacen imposible que se les ignore.

Corrió la voz hace un tiempo, en la noche en que el presidente de la nación cenó y se hospedó en nuestro hotel, que el chef ejecutivo había pagado seiscientos dólares por una hora por acostarse con una de estas acróbatas del tubo. De esa hora incierta surgieron tantas conjeturas que se entretejieron con la imaginación de los más libidinosos dando paso a una amalgama de historias maravillosas. Se dijo por ejemplo que la piel de todas ellas era tan suave debido a que se bañaban con leche de cabra orgánica como verdaderas mujeres bíblicas. Que todos aquellos maridos que visitaban el burdel y pagaban por un lap dance experimentaban erecciones que les duraban semanas para beneplácito de sus esposas.

Puede ser que todas estas historias me inflamaron la imaginación de morbo y deseo que ya no pude dormir, ni mucho menos leer como acostumbraba, me sentía un reo de mi testosterona. Jamás había estado con una mujer de esas características que la sola idea de que aquello fuera posible me hacía sentir que trabajar dieciséis horas y ahorrar dinero valía la pena. Trabajaba con el rigor que imponen los sueños, aunque siete dólares la hora me hacía un fiel servidor de la dieta de faquir metropolitano: renta, comida, transporte y la razón principal por la que hemos venido: enviar dinero a la familia, mi sello como emigrante.

Pero el ratón de campo en la ciudad, aunque viva en un

supermercado no sabe dónde comer y mucho menos sabe dónde están puestas las trampas. Así que un día me apersoné muy ufano con mis seiscientos dólares en la bolsa y con la pesadez en la conciencia de que ese mes no enviaría dinero a la autora de mis días, había decidido dejarlo todo en el burdel. Esta mal me decía la voz de la conciencia, pero en mi había una fuerza que hace que los machos sean machos y las hembras, hembras: Escoger instintivamente a la que te parece la más hermosa y la más fuerte, ellas hacen lo mismo, Richard Dawkins tenía razón. Mitigaba mi remordimiento con la idea que también tenía derecho a disfrutar la vida como todo joven poeta que era y tenía el derecho ineludible de las aventuras del alma y del pellejo para después desparramar estas experiencias en versos que nadie entiende.

El primer zapatazo me vino cuando a la entrada me cobraron veintiocho dólares de admisión. Hice cuentas, cuatro horas de trabajo arduo solo para verlas sin sus abrigos de piel. Después dos bebidas de por medio bien medidas para entrar en calor.

Cuando entré no sabía hacia dónde mirar, mujeres lindas por todos lados, con los pechos al aire, en tangas; hombres elegantes y bien vestidos acompañados de sus esposas viviendo sus fantasías, sonriendo, brindando, piel que te roza el deseo y tú apendejado porque escuchas la voz de tu madre que dice no te gastes el dinero de sus medicinas, aun así, haces a un lado esos pensamientos y te consuelas diciendo que lo harás una sola vez dando paso al disfrute del burdel.

Me senté en el rincón más oscuro queriendo pasar desapercibido. En ese momento comprendí que aquellas mujeres no estaban al alcance de mis finanzas, lo comprobaría más tarde de forma dolorosa. Pero en ese momento solo quería ver a aquella muchachita de mí misma edad, tal vez 25 años. La vi pasar. Sin ropa parecía más alta de su metro ochenta de estatura que ya le había calculado. Las luces de colores le alumbraban de vez en cuando el rostro y me pareció que era la ninfa del tubo. Sus pechos grandes multiplicaban las ganas de tenerla cerca y sobre su cuello largo descansaba un rostro de muñeca.

El delicado andar de sus compañeras en nada se parecía al de ella, Elena las eclipsaba, las hacía ver toscas, como la mujer que por primera vez trata de caminar en tacones de aguja y trastabilla. Los pasos de Elena eran firmes, contenían la armonía de un astro rompiendo la noche, Elena era diferente, tendría uno que ser ciego para no darse cuenta.

Una a una desfiló en mi rincón para ofrecerme sus servicios. Lo que dura una canción te bailaré en las piernas me dijeron. No acepté. A una de ellas le pregunté el nombre de la muchacha que bailaba en el tubo en ese momento.

—Elena —me dijo— ¡Ah! ahora entiendo, te gusta Elena.

Desde ese momento a toda la que vino a ofrecerse para que les pusiera un dólar en el elástico del calzón me limité a decirles no, espero por Elena, mi dinero le pertenece.

Media hora después Elena estaba frente a mí y fue cuando supe que ella no era de este mundo. Su olor me penetró como una feromona huérfana buscando refugio y la encontró en mi nariz. Zecharia Sitchin tenía razón. En algún momento los dioses tuvieron que venir a la tierra, Elena aparte de tener un nombre griego, era la heredera genética de alguna diosa. Habían mentido, su piel era más suave de lo que nuestra imaginación pudo haber concebido; aparte de bañarse con leche de cabra dormía sobre una cama de pétalos de rosas crecidas sin químicos, el aroma de su cuerpo me lo decía, era una fermentación de sudor y de su juventud, era en sí un perfume natural que ni Jean Baptiste Grenouille pudo haberse imaginado.

Elena se sentó sobre mí dándome la espalda, su cuerpo sobre el mío fue como una descarga eléctrica. Mi miembro cobró la solidez de un lingote de hierro al sentir sus nalgas con su movimiento sensual, su espalda esbelta y mis manos en su cintura llevando el ritmo de sus movimientos. Después se dio la vuelta quedando frente a mí y su respiración fue como brisa de mar que me acariciaba el rostro, nuestras narices se rozaban. Mis manos parecían un pedazo de hielo derritiéndose bajo el sol y cuando sus pezones estuvieron a milímetros de mi boca quise besarlos y ella se echó hacia atrás con la agilidad de felina, sonriendo divertida. Esa falta de roce milimétrico entre los labios y sus pezones es lo que más jode, es lo que chinga, el deseo aumenta y uno sigue pagando una canción tras otra con la esperanza que se los dejara besar, cosa que nunca sucede. Elena era una verdadera puta como la ilustre Mona Sofia que se hacía pasear en un palanquín seguido por dos perros dálmatas, en un momento creí que era su reencarnación. Tal vez la deberíamos canonizar de acuerdo a Jaime Sabines. El poeta tenía razón: Saben escuchar, dicen su precio por adelantado, no esconden nada, no discriminan, no importa que seas ingeniero, mecánico o lavador de trastos o pelador de papas. Elena aparte de todo era una dama hecha y derecha; mezcla de diosa, de deseo, de sensualidad, con ella no se pecaba, se llegaba a la perfección humana.

Estas doncellas tienen la palabra justa, el mejor discurso ante la tristeza, la añoranza, la alegría, viajan con un discurso de escritor recibiendo el nobel en su noche de gala, el tacto de un terapeuta que después de escuchar a su paciente le da una dosis correcta de palabras que le acarician el alma, en estos burdeles el hombre sentirá que frente a él tiene a la mujer perfecta que le comprende y le admira, porque aparte de todo, ellas también sufren y tienen historias desgarradoras que lo menos que puede hacer un caballero es salvarlas, hacerlas sus esposas y ser felices para siempre. Pero Elena era diferente, no tenía historias tristes, poseía el arte delicado, dulce, sin forzar absolutamente nada como si siguiera paso a paso el Catálogo di tutte le puttane teniendo todo el tiempo del mundo para ensayar sus técnicas conmigo. Bailó y se sentó en mis piernas hasta que se me terminó el dinero y en la última canción sentí que alguien me despertaba de un sueño erótico, como la primera vez que estando en casa ajena, tuve mi primera eyaculación mientras soñaba que estaba con Maricela mi vecina, siendo despertado por el dueño de la casa, qué desesperación, vergüenza, volví a sentir esas sensaciones y una frustración como si me hubieran robado una joya con un valor sentimental.

—No money no dance honey. —Se paró y se alejó con la gallardía de una leona que se interna en el bosque de la oscuridad con sus luces y sus sombras. Me sentí tan solo.

Mil dólares separaban nuestros cuerpos, era su precio para ir a ese cuartito diseñado en forma de palanquín cargado por cuatro hombres moros, localizado al fondo del burdel con su nombre fosforescente: The Man Paradise. Cifra inalcanzable en mi naturaleza de lavador de platos, aun así, prometí esperarla con mil dólares al terminar la noche. Te esperaré donde siempre y la expresión de su rostro me dijo: "no sé de qué me hablas" Poéticamente le dije que, después de tu trabajo haremos el amor, yo poseeré la parte de una diosa tú la parte humana de un lavador de trastos. Era obvio que no me creyó lo de los mil dólares, nadie puede engañar a una prostituta.

Pero la ingenuidad no tiene límites en el corazón de los hombres ilusionados. Salí del salón con la pueril idea que llegaría después de las cuatro porque de alguna forma le había caído bien. El Café llamado Tabac con sus mesitas en un claroscuro fue el testigo de mi amarga derrota de ingenuo: Elena como era de esperarse nunca llegó. Desde entonces me conformé con verla pasar a las cuatro de la mañana con su atuendo ruso, modelando como una verdadera mujer cosaca en New York. Sí Cosaca, como el pueblo nómada asentado en las estepas del sur que hoy es Rusia y Ucrania. Cosaca porque cosaco deriva tal vez de la palabra turca QUZZACQ, que de acuerdo a los filólogos significa aventurero u hombre libre. Elena era cosaca y yo un iluso.

No quiero asegurar nada, pero creo que la historia verdadera de mi vida que le conté mientras duraron los más de quinientos dólares de alguna forma le ha de haber tocado el corazón. Una línea de esa historia fue "estoy gastando el dinero que debía enviarle a mi madre y me ha tomado un mes ahorrarlo" su respuesta "Yo estoy trabajando para enviarle dinero a mi madre en Rusia" Mi respuesta "Pues es divino contribuir a las finanzas de la mujer que con dolor parió esta belleza que está sobre mí. Te veo todos los días a las cuatro de la mañana, mi único deseo era tenerte cerca porque creo que estoy enamorado como un idiota de alguien que no conozco, o puede ser que las hormonas me estén traicionando más de lo normal. Es imposible resistirte". Sé que no me escuchó, había mucho ruido. En mi deseo de ser escuchado di por hecho que sucedió. Y como si constituyera una amenaza que le fuese a quitar el sueño le dije: Si esta noche no duermes conmigo me veras lo que resta del año viéndote pasar por la octava avenida y así fue.

Todo un año, fielmente la esperaba solo para verla desfilar con su andar de animal inocente. Al pasar junto a mí me veía de reojo y apresuraba el paso al tiempo que reía con sus amigas, y es cuando volvía a escuchar mi frase de todas las mañanas: Goodbye Elena, have a nice day.

Hoy me acuerdo, fue enero, en uno de esos días que el aliento se convierte en hielo. Ese día no fue como los demás, vino hacia mí y supuse que me dijo: Espero que en todo este tiempo hayas ahorrado lo suficiente para que tomemos un taxi a tu casa, me lo dijo en ruso, solo entendí la palabra taxi el resto me lo dijeron sus ojos. Desde entonces "taxi" es la palabra más poética que he escuchado salido de la boca de una mujer. Fuimos a mi sótano donde vivía, a mi subsuelo y después que se marchó no volví a lavar las sábanas hasta que el olor de su cuerpo se desvaneció.

Desde ese día me siento a las cuatro de la mañana en el café Tabac para verla pasar, aunque sé que no sucederá, sigo siendo ingenuo e iluso: sé que aquella noche fue única, irrepetible, como la última noche de una artista de teatro que le dedica su actuación y su obra al más fiel de sus fans que todas las noches la ve desde la primera fila, y terminado el último acto corre la cortina para desaparecer para siempre. A esas horas me siento a escribir, a tachar y agregar palabras para ver si lo que le he escrito le haga justicia a lo frágil de los momentos felices. Y cuando alguna mujer media ebria salida de los tantos bares que hay en la zona me aborda y me pregunta ¿Qué haces? solo me limito a responder: Espero por Elena y vuelvo a reír con esa sonrisa absurda de los ilusos que esperan a los que nunca regresan.

***

Omelino Bermudez Campollo. Mexicano, 11 de septiembre de 1975. Ha publicado en la revista Hybrido y Letralia.com.

Polvo Iluminado

Silvio Martínez Palau

Triunfamos, no hay duda. Triunfamos de acuerdo al jueguito que nos enseñaron. Y ya no podemos ni mirarnos a la cara, nos avergüenza. Claro está que si alguno de nosotros comienza a criticar la ocupación, "la profesión", el trabajo del otro, éste se defenderá como gato patas arriba y va a alegar y a decir que él desempeña un cargo de suma importancia, algo en lo que se necesita mucha imaginación, creatividad y tantas otras palabras de igual liviandad y abuso generalizado. Pero ya casi ni nos vemos de todas maneras.

En el tiempo en que llegué a Nueva York y conocí a quienes serían mis compañeros por muchos años, éstos se reunían en la esquina de la casa que mi madre alquiló con su sueldito miserable de recién llegada. Era sólo media casa (un segundo piso) localizada en un barrio de inmigrantes con sueños que más tarde se tornaron pesadilla. Vi que todos los muchachos de la esquina eran de mi edad y, aunque no entendía palabra de lo que decían, manoteantes, a los gritos, los intuí muy similares a mí en su forma de ser. Como este narrador, eran matoncitos deformados por las tiras cómicas y las películas de acción. Formaban un grupo de más o menos doce muchachos y muchachas vestidos de igual manera: *jeans* rotos, camiseta y zapatos tenis sucios.

En un principio el grupo me miró con recelo. Yo era el nuevo del barrio y no compartía con ellos el idioma. Pero pronto aprendí el inglés, me hice amigo de ellos y entré a formar parte de la juventud del país.

Ibamos a la misma escuela y vivíamos en el mismo sector del barrio. Todos los días viajábamos en el mismo tren a Long Island City High School y fueron varias las clases a que asistí donde uno o dos de ellos también estaban. Desde mi silla los miraba, portaban cuadernos iguales a los míos, les notaba sus deseos de no hacer nada—a no ser de formar desbarajustes para irritar al maestro que dictaba con cara de condenado. Poco a poco, entre más fácil se me fue haciendo hablar el nuevo idioma, comencé a participar en las risas y en los apuntes estúpidos que hacíamos con insolencia para divertirnos en esas horas de tedio a que nos sometieron por años.

Comencé a saludarlos y ellos a mí, aunque el recelo mutuo

continuó por algún tiempo. Pero para junio, cuando nos soltaron a vacaciones de verano, ya había un miembro más del corrillo bullanguero de la calle 29 con Ditmars Boulevard. Me había dejado crecer el pelo a la usanza: larguísimo y grasiento. También, en tandem con la moda, le había abierto agujeros a todos los pantalones y se los había parchado con pedacitos de cuero. Este amago hacia la *haute couture*, como era de esperarse, hizo de mi madre—como de las demás madres del barrio—una persona preocupada por el futuro de su retoño. Gritó y cantaleteó la vieja. ¡Que te cortés el pelo! Parecés un pordiosero con esos calzones. ¿Qué te están enseñando en la escuela?

La tarde que salimos a vacaciones, cuando me dirigía hacia la estación del tren para regresar a casa, varios de los muchachos de la esquina me llamaron por mi apellido desde un carro. Rodaron hasta donde me había detenido y me invitaron a ir con ellos a la playa. Richard, de los más revoltosos del grupo, había sacado el automóvil de su madre sin permiso y con varios de los compañeros se disponían a ir hasta Rockaway, la playa del condado. A estas alturas del verano, me informaron desde adentro del carro, el lugar ya estaba atestado de muchachas ardiéndose el cuerpo y el alma, esperando encontrar al galán que les daría su amor, ojalá que sin ir a preñarlas o a pegarles una infección, especialmente ahora en vacaciones, cuando todo lo bueno comenzaba.

Sin muchas palabras entré al Dodge; no hubo holas ni nada, sólo muestras de amistad al brindarme el cachito de marihuana que se fumaba y que regaba su aroma enervante por todo el espacioso interior del vehículo. Di un dólar para la colecta de gasolina y me tiré incómodo contra el respaldar del asiento de atrás. Angelo—con quién compartí mesa en la clase de química—sentado junto a mí y tratando de ganarle a la música de Grand Funk Railroad, en explosión por todas partes, saliendo de cuatro altoparlantes instalados estratégicamente, me gritaba que cuántas materias había perdido. Le sonreí y le dije que ninguna, pero que merecía perderlas todas porque—él muy bien lo sabía—no era mucho el esfuerzo hecho de mi parte durante el año.

Me pongo a pensar ahora, si no fuera por la escuela primaria, cuando todavía la algazara moderna no nos había desbocado y pudimos prestarle atención a algo, hoy por hoy seríamos analfabetas por completo. No quiero juzgar ni saber qué es peor: el no saber nada en absoluto o saber algo, como nosotros ahora adultos, a medias, mecánica y superficialmente. Otro tipo de educación no se encuentra—y mejor ni buscarla si a la cárcel no se quiere ir a parar.

De esos años de escuela secundaria, en lo que se refiere a estudio y aprendizaje, la palabra nulo es la más adecuada a nuestro esfuerzo y resultados. No hicimos nada, pues vagueamos incansables, noctámbulos, por las calles y los clubes de música para al otro día, soñolientos, tomar un tren tuquio de hombres con el alma muerta, vestidos de traje y corbata, listos a exprimirle dólares al absurdo. Nos reportábamos entonces a nuestras clases heladas, a dormir un poco si el maestro del momento lo permitía, si ese día no le daba por sermonear sobre la educación. "¡Cuán importante es!" decía y nos instaba a forjarnos un futuro que ni él mismo podía atestiguar haber visto.

Nos graduamos a las patadas. Nos regalaron el grado para salir de nosotros y recibir la próxima tanda de víctimas. Egresamos en blanco. Una vez admitidos a la universidad, subsidiados por el municipio más rico del mundo, todos escogimos diferentes carreras hacia, ahora me parece, un mismo punto.

Richard se metió a computadores; Vasili, el griego, a administración de empresas; Joe Soler, habanero, escogió psicología; a mí me tocó publicidad...

Empezamos desde ese tiempo a conversar sin sentido como antes, pero esta vez usando la jerga que cada uno de nuestros campos de desinterés poseía. Quizás eso aprendimos: vocabularios estériles con aires de importancia. Que los microchips, decía uno, que Freud y Wilheim Reich, el otro, que la creatividad al exponer el producto para eliminar los postergadores de la mercantibilidad del país...todo mezclado a nuestro interés de impresionar a las respectivas novias, en su mayoría aún estudiantes de la secundaria o recién comenzando sus "estudios avanzados".

Hasta que cuatro o cinco años más tarde nos graduamos por segunda vez. Comenzamos a trabajar casi antes de graduarnos. Recomendados por este o aquel catedrático bien conectado, entramos de lleno a hacer parte del desaforado mercadeo que engendró el auge de los monopolios anticonstitucionales, alcahueteados por el primer mandatario de esa época. También comenzamos a apartarnos, a desvanecerse el grupo de la esquina.

En un principio las cosas siguieron parecidas. Nuestras profesiones recién adquiridas no nos habían comenzado a aventar de un lado a otro del país. Todos trabajábamos en Nueva York, comíamos con la familia en nuestras casas y ya sin traje y corbata, de nuevo con *blue jeans* y camiseta, salíamos a encontrarnos en la esquina de siempre. Como varios teníamos automóvil nuevo, comprado con nuestro crédito de entrada a la sociedad de consumo, juntos nos íbamos para sitios en Manhattan y regresábamos temprano para poder levantarnos al otro día. Pero la disolución del grupo tenía que llegar. Algunos comenzamos a abandonar el barrio, en medio de las lágrimas maternas y el orgullo de padres que nos transmitían en su inglés atroz la felicidad de vernos independientes por primera vez, adultos, de saber o intuir que no seríamos una carga, unos fracasados. La vida no nos derrotaría.

Luego vinieron los viajes. Richard, el escandaloso, fue a dar a California, donde consiguió empleo computarizándolo todo, de donde volvió unos años después, tostado y divorciado, con fotos de dos niños igualitos a él. Después se fue al Sur y regresa rara vez en viaje de negocios. Vasili vive en New Jersey tragando aire contaminado todo el día en una empresa de productos tóxicos o algo así. Viene a Nueva York a visitar la familia y al teatro, pues su esposa dice morirse por las tablas. Soler se casó con una rica cubana de Miami, donde ahora vive y trabaja en el negocio de joyas del suegro. Usa su aprendida psicología, a su Freud, para cortar diamantes. "Yo no sabía que los cubanos compraban tanto diamante," me dijo en una de sus raras llamadas telefónicas, para después poner a una de sus hijitas en el receptor a mandarme besitos que me dejaron el cachete untado de babas a larga distancia. Y yo también tuve un hijo a quien nunca veo porque está siempre en manos de la nodriza. Me casé con una gringa especializada en asuntos hispánicos, quien le achaca todo mi malestar y mis rabietas a mi hispanidad. Yo la dejo. Pobre, bastante problema tiene viviéndose a sí misma. Fui a dar a Madison Avenue, calle que me proporciona un vivir impensado por nuestros padres inmigrantes. Soy vecino del mejor barrio de la ciudad, todo a cambio de mi inmejorable capacidad de atacar a la gente en sus puntos más débiles. Me aprovecho de su simplonería y falta de fuerza de voluntad, de su ilimitada avaricia para hacerle comprar millón de porquerías. Tengo un ojo clínico para detectar y seducir la estulticia, de la que a lo mejor soy reflejo.

Y así con los demás integrantes del grupo de la esquina de Ditmars con la 29. Cada uno por su lado, abriéndose paso atolondradamente, ayudando a envilecer el ambiente, pegando dentellada bruta, alimentándonos de lo que nos inflama nuestra propia demencia destructora. Sólo durante la navidad regresamos al hoy deprimido barrio de inmigrantes en el que aún viven nuestros viejos, moribundos, prendidos todos de una difusa y espinosa esperanza.

Las primeras navidades nos juntábamos con ansia de vernos,

de presentarnos orgullosos nuestras esposas, de mostrarnos fotografías de nuestras residencias y automóviles último modelo, de decirnos nuestros triunfos. En un principio nos llamábamos constantemente desde la ciudad donde nos encontráramos, hablábamos largo y tendido, recordábamos y nos reíamos de todo lo sucedido en esos años en que parecía que nunca nos separaríamos y que sólo viviríamos para apersonar la indolencia. Nos canjeábamos nuestros deseos, nos contábamos nuestros planes...teníamos mil entonces.

Pero ya no es así, últimamente las cosas han cambiado. Ya no nos llamamos por largos períodos y, cuando regresamos al barrio, procuramos no vernos mucho. Cada vez noto más introspección en cada uno de nosotros, cada vez más metidos en nuestras veloces carreras, en vocabularios enajenantes; tenemos conocidos dentro del mismo ramo y son ellos con quienes podemos, "a nivel profesional", comunicarnos en nuestros ratos libres. Pero aún así, con la imposibilidad de hablar de nuevo en un idioma común, con los problemas propios de cada uno—problemas que ya son telarañas que poco a poco nos van cubriendo la cara—ese no querer vernos me hace pensar que finalmente hemos empezado a crecer. No me gusta filosofar, pero creo que hemos comenzado a entender la falta de vida que rezuma desde el fondo de nuestra existencia. Que a la edad de siete años se adquiere el uso de razón es disparate, por lo menos en este país adormilado por toda clase de espejismo verbal y abulia electrónica. A nosotros, hijos de inmigrantes que por vivir en Nueva York, en la metrópoli, tuvimos más oportunidades que inclusive cualquier norteamericano nato del interior de los Estados Unidos, nos llegó el malestar, el ver ya de viejos la falta de ideales en nuestras vidas, ideales que ayudamos a derrotar con nuestros apurados ajetreos sin sentido. Estamos destinados a ganar buen dinero, a tener todas las así llamadas comodidades, en medio de un vacío espiritual que tratamos de llenar con más y más adquisiciones, ahora para todos nauseabundas. Ya ni podemos mirarnos a la cara. Hemos heredado el triunfo que tanto se pregonó durante nuestra adolescencia. Vemos a nuestros hijos, en la escuela, apáticos, sin conocernos siquiera, sin amor y con mucha razón: tampoco—en nuestra afanosa vida de bolsillo lleno—los hemos conocido. Van, al igual nuestro y sin saberlo, por un mismo camino de cascajo.

***

Silvio Martínez Palau ha escrito lo siguiente: Made In USA/ Estudio en naturalezas muertas (cuentos). Ediciones Del Norte, New Hampshire, 1986. The English Only Restaurant (obra de teatro). Samuel French, Londres, 1990. Presentado por el Centro Kennedy de Washington (1990), el Teatro Rodante Puertorriqueño, Nueva York (1990) y además de montajes universitarios, varias veces se ha presentado en el Café Voltaire de Chicago (1998) (2007) (2017). Our Wondeful Theatre (obra de teatro). Producido por el teatro L.A.T.E.A, Nueva York, 1995. Ganado Del Tiempo Perdido (cuentos, traducciones de poesía brasileña y estadounidense, dos pequeños libretos y un ensayo). Anzuelo Etico, Cali, Colombia, 2006. Ahora quiere publicar Veleidad, un poemario mínimo escrito a través de los años. Este es quizás su último trabajo literario debido a la pereza, la edad y los achaques.

Descenso

Laura Sabani

A Eduardo no le convencía del todo el paspartú dorado del último cuadro que le había obsequiado Elisa. No coincidía para nada con el tema, un ave herida en pleno descenso, mezcla de acrílico y collage. Al mirarlo de cerca, le parecía ostentoso y al contemplarlo de lejos, francamente kitsch. Pensativo, sorbió un poco de champagne y se acomodó en un sillón mullido de terciopelo que había conocido mejores épocas. A Eduardo siempre le habían atraído los sutiles encantos de la elegancia parisina que, como chico rico y mimado por sus padres, había podido gozar hasta prácticamente los treinta. Pero ahora mismo, casi un cuarentón, instalado en Nueva York, sin fortuna y siendo aún desconocido entre los círculos artísticos de la gran ciudad, no le había quedado de otra que alquilarse un cuartito minúsculo y destartalado en un cuarto piso sin ascensor ubicado en la cgalle Mott, a unas cuadras del Soho. Como pintor y a ratos escultor, no podía decirse que le faltara talento, pero sí la tenacidad y la disciplina de los grandes artistas, esa entrega total a la vocación concebida como la única forma posible de existencia. Tal vez por eso le resultaba incómodo el hecho de que Elisa pasase tanto tiempo en su taller y tales desavenencias habían provocado no pocas discusiones y hasta distanciamientos ocasionales entre ellos.

—*No puedo quedarme esta noche contigo. Estoy a punto de concebir la obra y no puedo permitirme ninguna distracción. Es mejor que no nos veamos por un tiempo. Te llamo más tarde, ¿sí? Muaaak*, y echando un beso al aire salió de prisa, dejando a Eduardo con la palabra en la boca.

Afuera llovía con fuerza. A Elisa le encantaban esos días de lluvia torrencial, no tanto porque le traían recuerdos de su infancia en la que se veía corriendo descalza bajo la lluvia entre los cañizales en su Cuba natal, sino porque su arte, ese arte al que se había entregado en cuerpo y en alma, contenía en sí mismo toda la fuerza, la violencia y el peligro de un temporal. Hacía tiempo que le obsesionaba la idea de recrear en su estudio de Chelsea la imagen simbólica de la violación y asesinato de una joven estudiante de enfermería llamada Margaret Olson. Elisa sentía en su fuero interno una suerte empatía emocional con Margaret, aunque nunca la había conocido. La brutalidad con la que habían maltratado su cuerpo no le era del todo desconocida, pero solo el hecho de imaginarlo la sumía en un estado de consternación que procuraba purgar a través de su arte. Se sacó los zapatos y acarició al gato. Abrió el refrigerador y al cerrarlo, empujó sin querer un frasco de tomates que fue a estrellarse contra el piso, haciéndose añicos y manchando de rojo las baldosas de mármol blanco. *Margaret sucumbe aporreada, vejada entre las nubes. Me arde la garganta y tiemblo. ¿De frío? ¿De miedo? Aquel verdor lejano me llama. ¿Dónde te has escondido, Elisa? Elisaaaaa, ven acá, no te escondas, chiquilla...*

En la penumbra del taller, convertido en hogar y en refugio a la vez, Elisa se abocó a la tarea de romper más frascos de vidrio hasta llegar incluso a derramar junto a la puerta de entrada sangre de cerdo para luego espiar detrás de la cortina la reacción de los transeúntes ante tal espectáculo. *Esta vez sí que te encontraste, Elisa. ¿Con qué? ¿Con la escena del crimen? No, con tu voz, con tu arte. La reconquista de mi yo. Sí, lo performativo es lo tuyo, no golpees otras puertas. Aquí está tu destino. Sangre en los pies. Tomate, sangre, vidrio, mármol, ¿Margaret o Elisa? Amanece y escampa. Acera ensangrentada no ahuyenta transeúnte. Solo curiosidad y desconcierto, pura indiferencia.*

—Hola, hola, ¿estás allí, Elisa? Contéstame, ¿me puedes contestar la llamada, por favor? Sé que estás allí.

La contestadora solo alcanza a grabar la mitad del mensaje. ¡Qué fastidio! Silencio. Vidrios que se esparcen, vino, sangre, golpe, muerte.

—Hola Eduardo. ¿Qué querías? Acabo de salir de la ducha y estoy toda mojada. Casi no dormí en toda la noche.

—Será porque preferiste encerrarte con tu misterio en vez de querer pasar la noche conmigo. ¿Nos vemos esta tarde? Tengo algo que contarte.

—Los reproches, ya sabes, no suelen persuadirme, pero la curiosidad... ¿de qué se trata la noticia?

—Paul Almanza me llamó anoche para decirme que quiere exhibir mi obra en Tibor de Nagy. Se trata de una exhibición individual. La idea se venía gestando desde hace algún tiempo, pero ayer por fin se concretó, tal vez impulsada por el elogioso comentario que hizo Harald Szeemann en mayo sobre mi obra en la Galerie Yvon Lambert de París. ¡Al fin voy a tener la oportunidad de conquistar esta ciudad de acero a través de mi arte! Debemos festejarlo querida.

—Buena idea, me gusta. ¿A las cuatro en Las Violetas?

—A las cuatro en Las Violetas. Adiós.

Enclavado en el corazón del Village, el café Las Violetas se distinguía por su decoración ecléctica, mezcla de estilos tan disímiles como el art decó y el pop art más estridente. Desde las figuras geométricas del papel pintado que revestía las paredes, hasta las mesitas de *nero marquina* que poblaban el local, le resultaban a Eduardo de un gusto exquisito, por lo que se había convertido en uno de sus sitios de esparcimiento favoritos. A Elisa en cambio, el lugar le producía una sensación incómoda, semejante a lo que Eduardo había experimentado al contemplar el paspartú dorado que enmarca al ave herida. Artificio, frivolidad, mentira, fatuidad, descenso. No obstante ser un sitio atiborrado de gente, casi todos artistas, Elisa y Eduardo pasaban horas discutiendo de arte, de belleza, e inclusive de amor sin llegar jamás a un consenso.

Elisa concebía el arte como una necesidad de afianzar su naturaleza indómita, de interpretar el destino e insertarse en el mundo, una forma de arte que a juicio de Eduardo sobrevaloraba al cuerpo. El cuerpo como forma de expresión estética, una visión del arte no solo exhibicionista, pero asimismo cruel, desgarradora y fatalista que Eduardo no compartía.

Esa tarde la discusión giraba en torno al concepto de pureza artística. Eduardo defendía la idea de que el arte puro debía prescindir de toda pretensión comunicativa. La crueldad, la desidia, podrían estar en el ojo que mira, pero no era responsabilidad del artista el transmitirlas. ¿Debía el arte mantenerse alejado de la vida y permanecer incólume ante la realidad, como defendían algunos de sus contemporáneos? A Eduardo la idea le parecía absolutamente lógica, casi axiomática. Así lo afirmaba su última serie de palettes que tantos elogios había cosechado en Francia. En cambio a Elisa esa filosofía le producía náuseas. ¿Cómo era posible defender una teoría del arte tan falaz, tan insuficiente para interpretar el mundo? Lo suyo era un concepto más personal, más íntimo y a la vez empático. Si el yo es un cuerpo incapaz de existir separado del mundo, ¿cómo el artista podía expresar su existir en el mundo separado del resto, ensimismado en un arte absolutamente conceptual? No, el arte no podía ser indiferente a los latidos, al grito desgarrado de la furia interior, a la violencia.

—Y ahora qué, Elisa, ¿ahora quién de los dos es más personal?

Elisa se quedó mirándolo sin emitir palabra, ensimismada como tantas otras veces en ese coloquio interior interminable, indescifrable para todos. Se quedó mirándolo desde el recuerdo, viendo la vida como desde un antes, con mirada inocente, la trayectoria de su arte, el intermitente descenso, la caída en picada y sonrió complacida de esa imagen mental.

Pasando por alto la indiferencia de aquel gesto, Eduardo continuó con su monólogo: -*No, al arte hay que pensarlo en vez de verlo, no hace falta sentirlo...ni tan siquiera imaginarlo...*

Al escuchar esas palabras, Elisa pareció despertar de un profundo sueño y dijo asombrada:

—*Debo darte la razón en este punto. Se me acaba de ocurrir una idea formidable. ¿y si vamos a tu departamento? ¿y si seguimos esta conversación allí, sin distracciones ni testigos? Se está haciendo tarde ya...* Eduardo pagó la cuenta y los dos salieron abrazados perdiéndose entre la bruma que empezaba a desdibujar las calles.

De todas las veces que habían hecho el amor por todos los rincones de aquel cuartucho de la calle Mott, esta era la primera vez que Eduardo tenía la certeza de haber recobrado los bríos, de haber ganado la batalla al hastío y por fin entendido lo que su amante le explicaba sobre el cuerpo como objeto del arte. Así lo comentó cuando vinieron a buscarlo y se lo llevaron esposado. Sonriente de satisfacción, su rostro era el vivo semblante de un iluminado. Cuando los agentes se asomaron a la ventana lateral abierta de par en par, observaron espantados la escena como si fuese un cuadro. Elisa yacía cuatro pisos más abajo en un charco de sangre. Se volvieron a mirarlo y él solo contestó:

—Los buenos cuadros no necesitan un paspartú dorado.

Enero 2021

***

Laura Sabani nació en Montevideo, Uruguay y se desempeña como profesora de lengua y literatura española e hispanoamericana en Queensborough Community College, C.U.N.Y. desde 1998. Ha publicado cuentos y poesías en diferentes revistas y antologías poéticas, así como también un ensayo crítico sobre la obra del escritor uruguayo Carlos Reyles.

La vagina del fin del mundo

Ángel García-Nuñez

La primera vez que la vi lo hice con cierta desconfianza, me daba mala espina, tenía una corazonada, no se dejaba mirar de lleno ni de un solo vistazo, tuve la sensación de estar contemplando una olla a punto de hervir.

—¿Cómo estás? —preguntó Jadranka, como si nos acabáramos de ver el día anterior. No habíamos cruzado palabra desde fines de noviembre del 2010, poco antes que yo me marchara de la ciudad de Nueva York huyendo de un mal presagio. Volver y encontrarla fue un prodigio de la divina providencia, así lo había vaticinado una adivina con quien fui a consultarme el destino en el boardwalk de Atlantic City. "Créeme —dijo la gitana— pronto vas a conocer a una mujer que pinta serpientes", y yo no solo no le creí, sino que seguí pagándole para que ella siguiera mintiéndome y en ese reto no había otra salida, a mí se me acababa el dinero o a ella se le terminaban las mentiras. Pero antes que una de las dos cosas ocurriera se activaron las alarmas por una tormenta tropical que llegó por la parte sur del mar Atlántico, la adivina guardó los naipes en su corpiño, volteó el letrero de *Open*, cerró el negocio por fuera y nos fuimos al casino a beber coñac sin hielo y a hablar de todo menos de lo que decían las barajas.

—Bien —dije, y asentí con la cabeza a manera de venia. Siempre me había pasado eso frente a Jadranka, que casi no podía hablar, se me extraviaban las palabras y un nudo atolondrado me brotaba en la garganta.

—Espera un ratito —dijo ella con su acento inequívoco de maestra de escuela primaria y se paró al lado de la fotografía a responder preguntas de la gente que se había aglomerado en torno a ella. Me acerqué y escuché entre el público, "la mujer representa la fortaleza de género y las flores representan la vida, las líneas metálicas representan las dimensiones sobrepuestas del universo y la maquina detrás es la creación humana, el constante movimiento del conocimiento…"

—Mentira —dije en voz muy baja. Miré otra vez la fotografía de refilón, desde luego que no me iba a tragar ese cuento, allí había algo más, algo así como un secreto oscuro y abominable, una verdad dura pero irrefutable. Jadranka terminó de responder todas las preguntas, se tomó algunas fotos con la gente y luego volvió a quedarse sola. Aproveché para acercarme al cuadro y observarlo mejor. Olía a pintura fresca y a flores de panteón.

—¿Qué es? — pregunté.

—Una fotografía — respondió ella.

—¿Y dónde está la serpiente? — volví a preguntar.

—No es el Paraíso ni se trata de Eva —dijo ella y sonrió por primera vez en cuatro años.

Jadranka nunca perdía oportunidad para darme una lección, en lo que se presentara o en lo que ella creyera necesario pulirme, informarme o instruirme. Sin embargo, esta vez yo no estaba prestándole atención a ella, sino a la fotografía colgada en la pared, me acerqué con cierto recelo y pude observar por sus bordes impecables y el brillo humano de la desnudez de la mujer en medio de la nada que se trataba de la escena de un crimen.

Jadranka había dejado los avatares de su vida meticulosa y remilgada de Lima para venirse a Nueva York y dedicarse a la fotografía, ya no era la niña que había estudiado en escuelas religiosas, que paseaba por Miraflores en el sedán negro de los años sesenta de la familia Gonzales y Gamarra, ni la adolescente cadavérica que recorría los pasillos del palacete de sus abuelos frente al mar de la Costa Verde, lleno de fantasmas y reliquias de fines de la Colonia, sino una señora madura a la que habían derrotado las canas. Me miró con sus ojos de serpiente y volví a sentir el mismo nudo en la garganta.

—Vámonos —dijo ella, aliviada de que todo había terminado por esa noche— Mañana será otro día.

Yo la seguí por el pasillo hasta la puerta de salida del edificio donde se realizaba aquella exposición de arte y fotografía y luego caminamos hasta la estación del tren. Hicimos un viaje silencioso, contemplando los edificios color ladrillo y sus ventanas a medio abrir con ropa puesta a secar, sus balcones atestados de muebles viejos y ancianos medio dormidos respirando el humo de los carros y las fritangas de la Avenida Roosevelt. Bajamos en la Estación Jackson Heights, era casi media noche, las meretrices y los travestis caminaban cada quien por su lado en la calle, en la Plazuela, frente a lo que alguna vez había sido el escenario por donde cruzó el asesino de Manuel de Dios Unanue, los borrachos dormían una tregua exquisita bajo el olor del chimichurri y los tacos al paso. Nosotros seguimos en silencio, mirándonos de rato en rato, quise tomarla de la mano y ella esquivo la mía.

—Jadranka —pregunté — ¿A dónde vamos?

—A mi casa —respondió ella— Tengo algo que contarte.

—¿No puede ser aquí? — repliqué.

—Imposible —dijo ella.

Seguimos caminando por la avenida Hampton, hasta llegar a una callecita a orillas del tren que va a Long Island. Jadranka vivía en el segundo piso de una casa pequeña, con un techo a dos aguas, frente a un bar, que seguramente era lo único que quedaba de original en ese barrio después de la última oleada de inmigrantes sudamericanos.

Subimos por una escalera angosta hasta su apartamento, era una sala oscura con paredes pintadas de un verde agobiante y decorado con pinturas sin terminar y algunos cuadros completamente en blanco. Las ventanas cerradas no dejaban entrar el ruido de la calle y la poca luz de una lámpara de pie en una esquina al lado de un sofá marrón daban la impresión de haber llegado al pasado por la puerta falsa. Los muebles parecían muertos y el pasillo hacia su habitación parecía demasiado largo como para ir y regresar en una sola vida. Ella se perdió por allí y yo me quedé parado en medio de la sala.

Jadranka volvió al rato, completamente cambiada y con una sonrisa en el rostro que no parecía de alegría sino de nerviosismo. Me invitó a sentarnos en el sofá marrón, cogió unas copas de vino y sirvió de una botella que estaba abierta sobre la alfombra. Se acomodó la falda gitana que se había puesto en el cuarto y se desabotonó la blusa hasta el corpiño.

—Tengo que contarte algo —dijo sin dejar de sonreír ni mirarme a los ojos.

—Empieza —balbuceé completamente asustado.

—Jadranko —dijo ella, así solía llamarme para dar a entender o dejar claro que yo era suyo— He descubierto la teoría del todo, el fin y el comienzo, la explicación final.

—Ajá —dije yo— con que esas tenemos.

—No te rías —replicó ella.

No me había reído ni tenía intenciones de hacerlo, pero ya sabía que esa loca me estaba contando otro de sus cuentos, como aquella vez que me embaucó con eso del fantasma que vivía en su habitación allá en Lima, o el de la muerta que yo había enterrado en el espejo de sus sueños.

—No, no, no —dijo de pronto, adelantándose a mi incredulidad, buscó unos bocetos que estaban detrás del sofá marrón y empezó a mostrármelos uno a uno. Todos tenían dibujada a una mujer, pero en diferentes posturas, en todas las perspectivas la mujer tenía la misma expresión de dolor y felicidad en el rostro.

—¿Quieres que te diga algo? —dijo Jadranka.

—Ok —dije, tomé un sorbo grande de vino y me serví más de la misma botella que estaba en el piso.

—Esta es la puerta dimensional —dijo ella señalando la vagina de la mujer que estaba en el dibujo. —Por aquí entras a este mundo y a cualquier otro, este es el único paso, la única vía para entrar a cualquier dimensión, a cualquier mundo, a cualquier vida, a cualquier tiempo.

—¿La vagina? —pregunté

—Claro pues sonso —dijo Jadranka y soltó una carcajada— O ¿acaso crees que para llegar a otra vida vas a caer del cielo o te va a traer la cigüeña de Paris?

—Pues tienes toda la razón Jadranquita —dije mientras le volvía a llenar la copa de vino— ¡Ahora si me convenciste!

Jadranka puso los dibujos a un lado y siguió sustentando su maravillosa y convincente ***Teoría del dodo***. La madre es la clave en el tránsito dimensional, la materia se transforma en energía y en un proceso sucinto se vuelve a materializar y entramos a este o cualquier otro mundo diseñados específicamente para ese episodio. En ese tránsito dimensional "borramos casete" para no ir por el universo develando su secreto.

—Pero cuéntame Jadranquita, ¿Cómo fue que llegaste a esta conclusión tan fascinante? —pregunté.

—Te cuento —dijo ella— Un día estaba mirándome en el espejo y sentí un impulso muy fuerte, como si alguien quisiera salir de aquí adentro.

¿Y qué pasó, qué hiciste? —Pregunté.

—Nada —respondió ella— Cerré las piernas.

Jadranka volvió a sonreír, los ojos se le llenaron de lágrimas de nostalgia, alguna vez me había confesado que ella solo sentía libertad para sonreír cuando estaba conmigo.

—¿Quieres ver? —preguntó de pronto.

—¿Ver qué Jadranka? —pregunté.

—La puerta dimensional pues — dijo ella mientras se acostaba en el sofá marrón y se levantaba la falda gitana. No había visto su *puerta dimensional* desde que ella era casi una niña y se escapaba del palacete para vernos en mi habitación rentada en el Cercado de Lima y los chicos vagos del barrio la asechaban porque sus cabellos castaños y sus dientes de roedor le daban un aire de ángel al cual no le hacían falta alas para saber que era divina. Caminaba a prisa entre los vendedores de comida y los asaltantes que ya sabían que venía a verme. El tiempo la había dotado de unas caderas imponentes y unas piernas que seguramente se habían desarrollado en su largo camino.

—Acércate —pidió ella y empezó a gemir con una vocecita de niña— Acércate más a la puerta, ven, dame tu mano.

Cogió mi mano y la puso sobre su pecho, como lo había hecho una noche de setiembre de 1986 en Lima, bajo la sombra de la estatua de Francisco Pizarro iluminada por los faros de Palacio de Gobierno. Esta vez ya tenía la blusa desabotonada hasta el corpiño. Me acerqué a ella con cierta resignación, había dejado de amarla unas décadas atrás entre las tiranías que me habían expulsado del país y la bohemia de los escritores del Sur del Bronx.

Entre sus piernas corría una brisa que olía a Jean Nate o lavanda, no estoy seguro. Primero puse mis ojos sobre su puerta dimensional y me quedé observándola por un instante, trataba de recordar cómo había sido la primera vez, pero esas memorias se me habían traspapelado entre las tres mil quinientas puertas dimensionales que había visto a lo largo de esta puta vida. Me acerqué todo lo que pude y con dos dedos de la otra mano empecé a auscultarla. No la recordaba para nada, sus pliegues húmedos parecían respirar y contraerse y su rala vellosidad había encanecido al punto de parecer la boca de un anciano. Jadranka seguía murmurando no sé qué teorías, pero desde allí ya no podía escucharla, sus piernas bloqueaban el camino de sus palabras hacia mis oídos. Pero sí escuchaba un ruido que venía de allá adentro, era un ruido de máquinas avanzando, destruyendo barreras, explosiones intensas y lejanas, gritos humanos, súplicas y ecos que parecían llegar hasta el umbral de la puerta dimensional. Me quede allí, escuchando por unos segundos, me pareció el ruido de una invasión armada o una guerra en pleno desarrollo. Tuve la certeza que allá adentro, tras la puerta dimensional había un escenario de violencia y muerte.

Me incorporé como pude, sequé con mi antebrazo el vino derramado en mis bigotes, completamente desconcertado de lo que acababa de escuchar. Jadranka despertó de su delirio y volvió a mirarme con la compostura de sus ojos oscuros y en su rostro volvió a reflejarse el afilado brillo de sus dientes de roedor.

—¿Qué es ese ruido? pregunté.

—Ah, el ruido —respondió ella— Es que no he comido nada desde ayer.

***

Angel Garcia-Núñez nació en Mazo, Perú, 1967. Fue en Mazo donde desarrolló a muy temprana edad la pasión por la poesía y la narrativa. A inicios de los años ochenta se mudó a Lima a seguir estudios de periodismo y cooperativismo. Allí vivió los conflictos sociales que marcarían su derrotero. Entre la lucha armada de Sendero Luminoso y el Movimiento Revolucionario Tupac Amaru, la brutal represión del gobierno, recorre el Perú en el afán de conocerlo desde adentro y es testigo de la más cruenta guerra civil en Latinoamérica. En su vida universitaria dirige la revista de cultura y actualidad *Metamorfosis* (1985 a 1988) y colabora en la revista de literatura y política *Perspectivas.*

Ya en las postrimerías del conflicto armado peruano, en 1993 se muda a New York donde reside hasta la actualidad. En New York fue miembro activo del proyecto *Espacio de Escritores* (Bronx Council of the Arts) así como colaborador en diversas publicaciones del movimiento literario. Se ha desempeñado como periodista y fotógrafo, fue corresponsal en New York de la revista peruana *Mercado Andino,* sus trabajos han aparecido en publicaciones como *Realidad Aparte, Hybrido* y antologías como *De sur a Norte, narrativa y poesía de autores andinos* (El Beisman Press, Chicago). *Abigarrados,* Serie Pecados Capitales, es corresponsal y columnista del periodico *El Eminente* (México).

La reina de las manías

Sonia Rivera Valdés

Este divorcio entre conocimiento y amor es acaso la mayor lacra de la cultura contemporánea...
Raimon Panikkar

Era mi madre. No he visto cosa igual. Bueno... digamos que no la vi hasta que ella murió. Ella los llamaba ritos, para mí, sicóloga graduada de una de las más prestigiosas universidades de este país, y especializada en tratar a quienes padecen de desorden obsesivo compulsivo, mi madre era un caso típico, pero jamás hubo quien la convenciera de que necesitaba tratamiento. Era que yo no comprendía su manera de ver y, sobre todo, de sentir la vida. Beth, me decía, no soy maniática, y menos obsesiva, como te pasas la vida llamándome, soy ritualista, el corazón tiene razones que la razón no entiende. Eso lo dijo Pascal en el siglo diecisiete y tú, tan leída y escribida, aunque conoces bien la frase no la comprendes, hija mía, aunque entiendas lo que dicen sus palabras. El problema es que no pareces escuchar la música que hay en ella, y además, Beth, date cuenta que soy cubana. Y con ser cubana justificaba su conducta, injustificable para mí en un ser humano normal.

Desde el amanecer, qué desde el amanecer, desde antes de que amaneciera empezaba sus ceremonias. Con los ojos cerrados aún, sentada en la cama, buscaba con la punta del pie derecho, usar el izquierdo era tabú, las chinelas que dejaba junto a la cama, una al lado de la otra pero sin tocarse, y cuando ya tenía la del pie derecho colocada en su sitio metía el pie izquierdo en la que le correspondía a ese pie y se levantaba. Las chinelas tenían que ser anaranjadas porque es el color de Ganesh, el dios indio que remueve los obstáculos, y que lío formaba si se le rompían y no tenía unas, igualitas, de repuesto, algo que solo pasó una o dos veces porque las lamentaciones eran tan estruendosas que yo vigilaba el estado de las chinelas, las examinaba y al menor indicio de que empezaban a descoserse corría a Chinatown, donde las compraba ella, y traía un par nuevo.

Desde la muerte de mi padre vivimos juntas. Él, aparentemente, se acostumbró a vivir con aquellos rituales porque la verdad es que parecía contento. Jamás imaginé cómo eran las cosas hasta que vino para mi casa. Antes, cuando yo vivía con ellos, tenía ciertas manías, es verdad, pero ni por asomo las que encontré después. Fue una muerte repentina la de papá. Después del funeral le pregunté a mi madre qué iba a hacer y me contestó resuelta: irme contigo, no concibo vivir sola. Ahora que los muchachos terminaron la universidad y viven lejos, vienen a tu casa para Navidad, si acaso, y alguna que otra vez al año, no hay necesidad de dos cuartos vacíos esperando por sus esporádicas visitas. Me mudo al de Diego, más chiquito y cuando vengan o uno de los dos venga, que rara vez coinciden, se pueden acomodar en el cuarto de Ramón, donde hay más que suficiente espacio. A mis hijos no les gustó ni un poquito la idea, aunque era verdad que me visitaban muy de vez en cuando.

Ni se me ocurrió ripostar sus razones y en dos semanas la tenía allí, pero oiga, cuando aquel concilio ecuménico encarnado llegó con sus avíos y vi el altar que montó en su cuarto casi me desmayo. Llenó una pared entera de repisas que le hizo el súper del edificio donde vivía con mi padre, un puertorriqueño muy amigo de ella, que además vino, las colocó y pintó de diferentes colores, cada repisa de acuerdo a los santos o talismanes que iba a poner en ella. Y el borde de cada una lo pintó de dorado. Tan pronto se secó la pintura las llenó con imágenes religiosas católicas, indias, chinas, fotografías de nuestros ancestros, vasos de agua, piedras, talismanes, y a cada uno le rendía culto según su procedencia y la idea que ella tenía de lo que recibía con agrado cada uno o una. A los católicos les ponía flores, a los ancestros, vasos de agua, a los africanos tabaco, cascarilla y cuarenta cosas diferentes de comida: quimbombó, dulce de coco rallado, calabaza, maíz, maní, hasta enchilado de pescado, y usted puede imaginarse el olorcito que cogía el cuarto. Lo más que logré fue que el enchilado lo pusiera solo por unas horas y después lo sacara, pero no lo botaba en el latón de la basura, ni muerta hacía eso. Lo metía en una bolsa plástica, la bolsa plástica en un cartucho de papel estraza y se iba a echarlo en el basurero de una esquina por la que ella no pasara con frecuencia. A los santos chinos les ponía naranjas, sobre todo era muy devota de Guang Gong, que protege el trabajo. Eso me dijo que lo aprendió con la doctora china que la trataba en la calle Mott pero ya lo conocía, como San Fancón, desde que vivía en La Habana. Quemaba incienso todos los días, un incienso muy fuerte, que me producía alergia. Si yo protestaba se encerraba en su cuarto y entonces me daba miedo que con aquellos olores se enfermara ella, me sentía culpable y le pedía que abriera el cuarto para que el incienso perfumara la casa. Y mire usted cómo es la vida, después de unas semanas no me dio más alergia y empecé a disfrutar el olor. En verano, cuando salía del apartamento dejaba el aire acondicionado del cuarto encendido. Le pregunté por qué no lo apagaba y me dijo que a esos santos se lo debía todo, incluyendo lo inteligente que yo salí, las becas que gané, la carrera que tengo. Cómo los iba a hacer pasar calor, ni que estuviera loca. Yo entiendo y sé que cada cultura tiene sus tradiciones, pero es que mi mamá, además de las que le tocaron fue incorporando cada una que se encontraba en el camino, y viviendo en Nueva York y siendo andariega, amiguera y curiosa, imagínese la amalgama de ritos que llegó a tener.

Mis amigos y colegas, especialmente las mujeres, al ver la paciencia que tenía con mi madre, en vez de ayudarme, que mucho hubiera necesitado que la visitaran de vez en cuando y conversaran con ella un rato, me aconsejaban que buscara yo una terapia para liberarme del sentimiento de culpa que hubiera sentido de no hacer lo que hacía y la mandara a vivir a un asilo de ancianos. Ella tenía suficiente dinero, entre la pensión que le dejó mi padre y su seguro social y yo también tenía los medios económicos para conseguirle un buen sitio. Hasta mis hijos, nacidos y criados aquí, protestaban a veces, pero yo me acordaba del cuento chino o japonés, no sé, de la nuera que puso al suegro a comer en una mesa aparte y a usar un pozuelo de madera porque el viejo se babeaba, las manos le temblaban y a cada rato rompía uno de los pozuelos de porcelana. Convenció al marido y separaron al viejo de la mesa. Una tarde, al regresar del trabajo el hombre vio que el hijo, de cuatro años, estaba intentando cavar un pedazo de tronco que tenía en las manos, tratando de hacer un hueco en el centro. Cuando el padre le preguntó al niño qué hacía este le contestó: un pozuelo para que tú comas cuando seas viejo. Al siguiente día y los que siguieron, hasta su muerte, el viejo comió en la mesa con el resto de la familia. En fin, mi madre vivió conmigo los últimos veinte años de su vida.

En la mañana, al levantarse iba directo al baño a lavarse los dientes, y no quiera usted saber la que armaba si encontraba que habían apretado el tubo de pasta de dientes por el medio. Había que apretarlo desde abajo, y la tapa del inodoro, cuidado con que la encontrara levantada, había que bajarla cada que vez que se levantaba. Imagínese, una medio dormida o dormida y medio, de madrugada iba al baño y tenía que estar atenta a dejar la tapa del inodoro como lo exigía. Según ella así se evitaba que los niños chiquitos, al inclinarse sobre la taza, se les cayera la cabecita dentro y se ahogaran. Los casos que había conocido... Yo le preguntaba dónde y me respondía: en Cuba, hija mía, en Cuba. Pero, demás, en nuestra casa no había niños.

La cafetera había que dejarla preparada la noche anterior, así el café se asentaba. Le preguntaba y me decía que así se hacía en Cuba, pero no conozco a ningún cubano que viva en la isla que lo haga. Jamás supe qué significaba el asentamiento nocturno del café. Tendía la cama después de desayunar, con una meticulosidad que hacerlo le llevaba el doble del tiempo en que cualquier persona lo hace. La simetría perfecta de las dos almohadas que ponía en la cabecera, que no hubiera una arruguita en las sábanas para que la sobrecama luciera impecable, pero el colmo era las dos muñecas negras, hechas de tela, que apoyaba, paraditas, en el cojín grande que recostaba a las almohadas después de haber puesto la sobrecama. Antes de colocarlas las besaba, un beso a cada una todas las mañanas y un beso por la noche antes de destender la cama para acostarse. En días regulares, qué más daba, pero a veces íbamos a salir juntas, yo apuradísima y hasta que terminaba su ritual no había dios que la hiciera moverse de su cuarto. A mis protestas respondía: sigue, hija mía, sigue, que tú no sabes los bienes que propicio y los males que evito con estos ritos. Si la cama no se tiende el ángel de la guarda no entra. Lo decía la vieja Manuela, vecina mía cuando tú naciste, y ella sabía lo que decía, vivió como cien años, medio patuleca y casi ciega, pero estuvo cien años sobre la tierra y mucho bien que hizo, que el barrio entero venía a consultarla y los domingos hasta cola se formaba delante de su puerta para verla. No sé quién le habría enseñado a mi madre tanto espiritismo y brujería porque no recuerdo que mi abuela fuera así. No sé.. a lo mejor lo llevamos en la sangre. Doblaba la ropa de una manera determinada. Todo, desde los panties, que siempre llamó bloomers, hasta las sábanas, las toallas y los paños de cocina. Parece una tontería lo que estoy diciendo, usted dirá, bueno, cada cual hace las cosas a su manera, pero si alguien lo hacía distinto, como yo por ejemplo, aunque estuviera todo doblado a la perfección, lo desdoblaba y doblaba de nuevo. A veces era desesperante, y cuando yo no podía más y le decía que qué maniática era, ahí sí se ponía brava y me decía, insultadísima: qué poco cubana eres, parece mentira que seas mi hija, en Cuba cada cual hace las cosas a su modo, hay quien corta los pepinos para ensalada en rueditas y hay quien los corta en cuadritos. A una persona que come el pepino con cáscara no se te puede ocurrir dárselo sin cáscara, y así es con los tomates, quien no se come las semillas no se las come ni por cortesía en una casa en la que la han invitado a comer, y así es todo, cada cual es como es. Un día no pude más y le contesté. Le dije: si tan cubana querías que fuera por qué me trajiste para este país con trece años y hasta me cambiaste el nombre. Me he acostumbrado tanto a que me digan Beth que cuando fui a visitar a tía Consuelo en Santa Clara y me llamó Isabelita no le respondí, y cuando me di cuenta que era conmigo con quien hablaba me dio una pena que no sabía dónde meterme. Y que Elizabeth...

Me contestó, sí que me contestó. Beth, me dijo, Isabelita si así lo prefieres, para mí, como quiera que te llames eres mi hija bien amada y todo lo que he hecho lo he hecho por tu bien o por lo que yo pensaba era tu bien. Te cambié el nombre para que no te discriminaran y por la misma razón te quité mi apellido en el pasaporte americano, decisión que tampoco has aprobado y nunca has entendido cuánto me dolió hacerlo. ¿A quién no va a dolerle tener que quitarle su apellido a una hija? Por lo menos concédeme el mérito de no haberte mandado con los Peter Pan, con todo lo que insistió tu tía Arminda. Mira en lo que pararon ella y tus primos. Por lo menos reconóceme ese mérito, Beth. Y reconóceme que jamás te he mortificado la vida ni criticado tu manera de vivirla. No llegas un día tarde que no encuentres comida preparada, no solo para ti, también para las amigas con que te apareces a veces los fines de semana. Nunca te he cuestionado absolutamente nada sobre ellas, las trato bien, si se quedan a dormir o han llegado de madrugada contigo les brindo café por la mañana y les preparo desayuno, pensando que les va a ayudar a que se les pase la borrachera que trajeron y lleguen con bien a sus casas. Yo no he estudiado psicología en la universidad, Isabel, pero no hace falta haberla estudiado para darse cuenta por qué algunas parecen soldados de un batallón de infantería y cuando las veo, en vez de tratarlas mal o decirte algo desagradable le doy gracias a Dios y le prendo un velón a mis santos para agradecerles que a ti no te diera por vestirte como se visten ellas, que tú, hagas lo que hagas, tienes el porte de una señora. Siempre, Isabel, me has tenido no solo a tu lado, siempre he estado de tu lado. Cada cual, hija mía, hace lo que puede, aunque piense que está haciendo lo que quiere. Es su karma lo que lo determina. Ninguna de las dos pronunció una palabra más. Eran alrededor de las ocho de la noche, se había hecho tarde para su comida. Fue para la cocina, sacó una sopa de pollo del refrigerador, llenó un plato, lo puso en el micro hondas y marcó el tiempo que quería calentarlo. Parada enfrente esperó a que terminara y cuando sonó el tercer piii abrió la puerta. Cuando está listo lo que se ha puesto a calentar, el microondas suena cuatro veces, pero mi madre lo vigilaba para no permitir el cuarto sonido. Abría la puerta al tercero. Al caer en la cuenta de esta manía le pregunté. El número cuatro es de buena suerte para la mayoría de las culturas, no así para la china, me dijo, y soy muy devota de la cultura china, deberías saberlo.

Todo lo que hacía, absolutamente todo estaba regido por un orden interno que le decía cómo y cuándo hacerlo. El color de su ropa interior obedecía al color del santo al que cada día de la semana honraba. No los recuerdo todos, pero sí que el lunes usaba negro y rojo en honor a Eleguá, el martes verde y morado por Ogún, el miércoles amarillo por Ochún y el jueves blanco por Obatalá. El viernes se ponía anaranjado por Ganesh.

Mis esfuerzos por desatarla de lo que yo veía como una cadena de supersticiones fueron inútiles, y en una cosa le concedo la razón, para ella no eran una cadena opresora sino el vínculo que la unía a aquello que la ayudaba a protegerse y proteger a quienes quería. Lo cierto es que aun cuando se sentía arrepentida de muchas decisiones que tomó en la vida se había perdonado a sí misma y vivía tranquila, y así murió, hace dos años, a los noventa y seis, en su cuarto junto al mío.

La lloré, la cremé y llevé sus cenizas para Santa Clara, donde nació. Al regresar a mi casa me sentí muy triste, sola y aliviada. Podía levantarme y salir andando para la calle sin tender la cama si no tenía tiempo, podía apretar el tubo de pasta de dientes por donde quisiera, dejar la tapa del inodoro levantada, doblar la ropa como quisiera o no doblarla. Sentía una gran libertad y despreocupación. Me duró tres meses, ni siquiera cuatro. Todo empezó un lunes que intenté comenzar a desmantelar el altar y no pude. Lo que hice fue encender la vela que siempre encendía a Eleguá ese día de la semana y llenar las copas de agua. Me dije que se me pasaría, su muerte era aún muy reciente, a la semana siguiente comenzaría el desmantelamiento, pero la siguiente semana practiqué el mismo ritual al levantarme. Después fue el tubo de pasta de dientes. Una mañana, al pararme frente al lavabo medio dormida, empecé a apretar el tubo por debajo para dejarlo parejito hasta el punto en que todavía estaba lleno. Sonreí al darme cuenta y tampoco le di importancia, pero poco a poco fui incorporando, con plena conciencia de estar haciéndolo y sin poder evitarlo, muchos de sus ritos. Lo último fue abrir el microondas al tercer pitido. Cuando me ocurrió lo del microondas ya decidí hablar con un colega y contarle. Terminé de comer, me serví una copa de vino, me senté en el sofá, cogí el auricular del teléfono para llamarlo, me tomé un trago de vino. A los trece años perdí hasta el nombre, mis hijos viven lejos, me divorcié hace siglos, mi madre murió ¿qué bien me va a hacer matar mis ritos? me dije, y coloqué el auricular en su sitio. Pensé en las muñecas de la cama. Desde que mi mamá murió las traje para la mía, y allí estaban, tranquilitas y sin besos. Empecé a dárselos a la mañana siguiente del satoris que tuve sentada en mi sofá. Sabe Dios cuántos males estaré evitando rindiéndole respeto a esas muñecas. Sabe Dios.

Continúo con mi práctica profesional, de eso vivo y soy muy competente como terapeuta. No doy abasto, tengo una lista de espera como para dos años. Conozco muy bien los síntomas y a los clientes eso les inspira confianza. Ofrezco las terapias más avanzadas para controlar sus compulsiones, para evitar que toquen tres veces un mueble antes de salir de casa, que regresen a su apartamento para comprobar que las llaves de gas de la cocina están cerradas cuando ya lo habían comprobado antes de cerrar la puerta. Siempre fui competente en mi trabajo, pero ahora soy capaz de escuchar la música de las historias de mis clientes, no solo la letra. Vaya, casi no puedo creerlo.

Lower East Side, Nueva York

***

Sonia Rivera Valdés (La Habana, 1937). Escritora, crítica literaria y profesora de Literatura y Estudios Puertorriqueños en York College, City University of New York. En 1997 ganó el premio de Casa de las Américas (La Habana) con *Las historias prohibidas de Marta Veneranda*. En el año 2003 publicó *Historias de mujeres grandes y chiquitas*, en 2011 su novela *Rosas de abolengo*. Los tres libros han sido publicados en Nueva York (Editorial Campana), en Cuba (Casa de las Américas y Editorial Oriente) y han sido traducidos a varios idiomas. En 2018 publicó *Cuéntame una historia: Ocho que pueden ser novela* (Editorial Campana). Sus cuentos y ensayos han aparecido en revistas y antologías literarias en Cuba, Estados Unidos, Europa, América Latina y el Caribe. Es la presidenta y una de las fundadoras de Latino Artists Round Table (LART), organización cultural radicada en Nueva York.

El laberinto de Wen Wu

Rocío Uchofen

Nuevamente me encuentro solo, bueno eso es un decir porque en el barrio chino nunca se está solo, pero como todos están desesperados por ventas y tal vez sea la última semana con turistas, ya nadie se fija en mí, me vuelvo la insignificancia que pronto hará el descubrimiento. Este ir y venir entre calles me ha hecho tan conocido y transparente a la vez, soy algo así como los gatos que cruzan furtivos detrás de las sombras diminutas de pericotes veloces, o las ratas que con agilidad extrema se pierden en los escalones del subterráneo. Avanzo como quien no quiere la cosa y mientras todos hablan, venden o están atentos a asuntos más interesantes, me escabullo hacia la entrada estrecha donde turistas vestidos en colores pastel preguntan por los precios de las camisetas que dicen I Love NY o las réplicas perfectas de la estatua de la libertad o del ferry de Staten Island.

La puerta se encuentra en un rincón del puesto que Wen Wu ocupa en la galería. Lo sé, la he visto. Nadie habla o quiere hablar de ella, mis preguntas no obtienen respuesta. Wen Wu se hace el tonto y a veces hasta me ignora, como ahora que mastica un inglés con acento chino y está negociando el precio de una venta de souvenirs a dos turistas rechonchos y de anteojos oscuros. Me siento a observarlo y él ni se inmuta, estoy acostumbrado a eso, casi todos se la pasan ignorándome. En casa mi madre se levanta temprano, tal vez mucho antes de que yo despierte, no la veo salir y cuando regreso de la escuela, a veces la encuentro entrando a la casa y apenas me saluda, se va de frente al baño, donde abre la ducha y se queda bajo el agua por mucho tiempo, mientras yo me preparo un emparedado con lo que hallo a la mano. Cuando ella termina y sale me dice un par de cosas que a veces no tienen sentido, luego se va a dormir, entonces yo veo la televisión a volumen muy bajito o leo mis novelas de misterio. Los fines de semana los paso con mi padre, ya tengo 13 años y debo empezar a ganar dinero, dice. Yo sé muy bien que no es legal para un niño de mi edad, pero cada vez que le digo eso, no me hace caso. Salimos a las diez de la mañana y tomamos desayuno en una cafetería latina cerca a la entrada al subterráneo, mi padre se la pasa conversando con la mesera quien solo lo mira a él cuando se acerca a servirnos, es una mujer bonita que se viste igual casi todo el tiempo: una blusa negra ajustada que pareciera que los pechos se le van a salir por el escote, los pantalones también le aprietan bastante las redondeces, toda ella está apretada. Mi padre se lleva el diario y lo lee en silencio mientras viajamos en el subterráneo, rodeados de gente que juega con sus teléfonos o mira hacia un punto que no existe en el tren. Mi padre trabaja en un restaurante que siempre está lleno y bien llega a la cocina lo acompaño a que se cambie su uniforme y se meta a trabajar entre el ruido de la vajilla y las ollas. Mi padre maneja la máquina que lava los platos. Yo no puedo estar todo el tiempo en la cocina porque soy menor de edad, así que me la paso haciendo recados tanto como para los cocineros como para los que trabajan en la sala, y para los otros restaurantes también, en aquella calle hay una hilera larga de restaurantes uno al lado del otro que cuando están abiertos se puede transitar entre la gente que va y viene buscando la mejor opción de comida italiana. Lo más gracioso es que si bien todos conocen el área como la pequeña Italia, ya ni los que atienden son italianos, porque muchos de ellos parecen más bien latinos, turcos o albaneses.

La zona siempre está llena de turistas y yo a veces llevo comida a casas en el vecindario o recojo paquetes para los jefes o para cualquiera de los que trabajan allí. Muchas veces me envían a la otra calle que da hacia una avenida llena de galerías y allí trabaja Wen Wu, el casero de los cocineros, porque habla español. Me gusta caminar por esa zona, no parece Nueva York sino una calle de China. Yo no he viajado hasta allá, pero me la imagino así, es como estar en otro mundo lleno de palabras con acento oriental, colores, aromas y cosas que cuelgan de las tiendas; siempre hay algo que a uno le llama la atención y siempre hay muchos turistas que van y vienen, así también los lenguajes que mis oídos capturan, forman un torbellino de voces que tal vez digan lo mismo pero en diferentes idiomas. Wen Wu y sus otros amigos comerciantes venden de todo, desde juguetes vistosos hasta ropa y joyas falsas, así como relojes y otras cosas novedosas que llaman mucho la atención. Todo es como un mundo excesivo donde uno se puede perder entre las luces y la gente. Yo voy mucho donde Wen Wu, porque él aparte de vender camisetas y otros recuerdos de la ciudad de Nueva York, vende ungüentos para el dolor, quemaduras y más, los que trabajan en la cocina siempre se están quemando o cortando así que los ungüentos de Wen Wu son necesarios, a veces se demora mucho en dármelos porque éstos no están a vista de la gente, sino que los saca de otro lugar lejos de donde él vende, mientras yo, en constante observación y plagado de curiosidad por la variedad de productos que me rodea, espero frente a su puesto de ventas. Ha sido en esas esperas en que reparé en la puerta.

La primera vez fue porque alguien quiso abrirla desde dentro mientras yo esperaba. No hubo ruido siquiera, entre voces, ecos y más que se acumula en aquella galería. El movimiento fue tan silencioso como si perteneciera a otro universo y de pronto se abriera frente a mí. Me asustó un poco. La pared se abrió rápidamente y algo o alguien me vio y la cerró de inmediato. Me acerqué, la toqué, pero parecía no ser cierto, como si me hubiera entrado una visión extraña, como si lo hubiera soñado. La palpé y me quedé observándola a ver si se abría nuevamente. Lo interesante es que no parecía una puerta a primera vista. Es una pared de tablones delgaduchos y pintados, pero una delicada línea vertical te avisa, cuando la observas muy bien, que allí hay algo. Cuando llegó Wen Wu, le dije que se abrió su puerta, él miró de reojo y siguió armando el paquete de ungüentos y otras cosas que me habían encargado. Me dio todo en una bolsa negra y me hizo señales para que me fuera.

Me intrigó mucho. Pasé por todos los otros puestos a observar si ellos también tenían aquella puerta, pero ninguno se veía de la manera que se esconde esa puerta de Wen Wu.

Yo ya había visto puertas escondidas antes, a veces me envían a una iglesia abandonada cerca a los restaurantes, allí dejo paquetes de comida y otras cosas a la gente que se reúne adentro. El sitio huele a cigarros y los hombres siempre están sentados frente a papeles y fajos de dinero, monedas que se cuentan y se organizan como pequeños ladrillos. Mientras espero a que me den el pago o el paquete que yo debo entregar de regreso, he podido observar que tienen puertecillas secretas, entradas a algo que está prohibido para mí, pero que todos alrededor conocen y eso los separa de mí, yo no poseo el secreto. La puerta de Wen Wu, sin embargo, me llamó la atención porque parecía un misterio, algo así como un enigma por resolver. ¿Quién sería la sombra con ojos que vi?, ¿qué sucedía al otro lado?, ¿por qué Wen Wu se comportaba como si no sucediera nada?

En la escuela me la pasaba dibujando esquemas de cómo me imaginaba el otro lado de la puerta secreta. Se me hacía una entrada a una serie de pasadizos que en algún momento comunicaban hacia cierto lugar donde sucedía lo inesperado... pero no podía imaginar qué era lo que podría hallarse en el centro: ¿Una fábrica de relojes? ¿Una salida hacia el puerto? ¿Un depósito inmenso que se estremeciera cada vez que un tren subterráneo le pasara al lado? ... ¿Y si Wen Wu hubiera descubierto cierta arma secreta y entonces la estuvieran desarrollando muchos científicos chinos para poder conquistar el mundo? La gente últimamente hablaba de un virus en China, algo mortal que se acercaba y todos hablaban, pero nadie hacía nada, salvo Wen Wu y sus amigos que ya vendían mascarillas de un material azul cielo. Cierto día se me ocurrió que tal vez era simplemente una sala de estar para los que trabajaban en la galería, con baño, ducha y un televisor gigante con Sinovisión las 24 horas del día. Me llenaba tanto de aquellos pensamientos que apenas me podía concentrar en las clases. Cuando regresaba a casa, me hundía en las novelas de misterio, tal vez entre los temas podría hallar algo que me llevara hacia el secreto de la puerta.

En los varios fines de semana en que he estado yendo con mi padre a su trabajo, jamás me había sucedido que viera tan despoblados a los restaurantes y las galerías. Era finales de febrero y si bien el frío solía espantar a los turistas, nunca faltaban los grupos que se armaban de un buen abrigo y se aventuraban entre las calles que a veces estaban congeladas, porque el viento que corría era tan gélido que llegaba hasta los huesos. Sin embargo, otra cosa sucedía: Las galerías también estaban cerrando temprano, la fiesta del año nuevo Chino había pasado y ya nada parecía normal, era como si la gente se estuviera esfumando, parecía irreal. Me habían enviado por un pedido a Wen Wu y cuando me estaba acercando, también se apareció un grupo pequeño de turistas que buscaban camisetas, él se deshizo en ofertas, jamás lo había visto tan deseoso de vender, mientras él estaba ocupado, yo me acerqué hacia el lugar donde se había abierto la puerta, golpeé levemente pero no sucedió nada, entonces pensé que tal vez necesitaba cierto golpe en clave e intenté un ritmo extraño con los nudillos, nada. Ya cansado le di una pasada suave con la mano como para despedirme de mi sueño de investigador, para mi sorpresa, la hoja se abrió y yo ingresé sin pensarlo.

La puerta se había cerrado tras de mí y yo me había quedado en una oscuridad que me llenó de pánico, tuve ganas de dar la vuelta y toquetear como loco hasta que Wen Wu abriera (y me gritara en su mejor español por querer curiosear en sus secretos) pero luego de respirar lentamente para calmarme, decidí avanzar por lo que parecía un pasadizo, cierto aroma a yerba fresca me traspasó y sin embargo no parecía estar en el campo. Traté de palpar a mi alrededor para tratar de reconocer la extensión de mi encierro y juraría que rocé algo, pero cuando regresé la mano, ya no estaba allí. Mi oído me devolvía breves sonidos apagados como susurros o tal vez pasos lejanos. Reconocí que había sido muy estúpido ingresar a la ligera sin siquiera ir equipado con una linterna de mano (Wen Wu las vendía) o algo para defenderme en caso de algún ataque.

En esas estaba cuando un golpe seco por detrás me dejó inconsciente. Cuando desperté mis ojos observaban una línea de luz que provenía de algún lugar lejano, yo seguía tirado en el suelo y no me intenté mover por miedo. A lo lejos pude reconocer la voz de Wen Wu que en un idioma que tal vez era mandarín o cantonés, hablaba largamente con una temerosa voz femenina que sólo asentía con monosílabos, escuché golpes fuertes de frustración como si alguien estuviera golpeando la pared y luego nada, de pronto la rendija de luz se abrió y cerré los ojos para continuar haciéndome el inconsciente. Wen Wu me empezó a hablar en español "Hey, amigo, amigo...", me dio palmadas en la cara, la voz femenina dijo algo, pero Wen Wu volvió a gritar y a golpear la pared, sentí unos súbitos movimientos que me dieron la impresión de que había más de tres personas en aquel lugar.

Seguí en mi papel de inconsciente y me empecé a preguntar si era lo mejor o me estaba abriendo a una suerte peor que la de haber sido golpeado, pero en mis novelas de misterio, los personajes tomaban decisiones extremas en momentos de peligro y yo consideraba que no estaba en una mejor posición, así que seguí con mi papel de inerte. Wen Wu me alzó junto a alguien más y ambos cargaron con mi cuerpo que se dejó mecer mientras iba y venía por un camino que parecía avanzar o retroceder. No abría los ojos por miedo a ser descubierto, pero en el trayecto me llegaban aromas a plástico, cuero y quien sabe a perfume de algún tipo. La caminata no duró mucho, sin más antelación, recuerdo haber escuchado un crujir de una puerta y mi cuerpo voló hasta caer en el pavimento. Me quedé inerte unos instantes más para no causar sospechas, pero desde mi posición pude escuchar ambulancias y también patrulleros que seguramente andaban ocupados por la zona. Abrí los ojos y me di cuenta de que estaba en la calle, pero lejos de la galería de Wen Wu, lo peor, es que no tenía ni idea desde dónde me habían arrojado, porque mi cuerpo reposaba junto a un muro que no parecía tener ni puerta, ni línea, ni alguna forma lógica de tener abertura. Me levanté y empecé a andar, ya era de noche.

Cuando llegué al restaurante donde trabajaba mi papá aún no había decidido qué iba a contarle, me dolía un poco la cabeza, pero no tenía herida salvo un chinchón en la parte trasera del cráneo. ¿Debería inculpar a Wen Wu? Ingresé al restaurante por la parte trasera y mi padre ya estaba terminando de hacer el aseo, ¿dónde te metiste, güey? Me increpó mientras terminaba de limpiar las estufas color aluminio grasoso. No le contesté, allí me quedé observándolo mientras me tocaba la cabeza. Él continuó con el aseo.

Regresamos en el tren en silencio, en el otro extremo sólo había un vagabundo de rostro mugriento que hablaba intensamente con alguien invisible. Mi padre viajaba serio, llegamos a casa de mi madre y me dejó allí, me dio un sobre con dinero para ella y se alejó murmurando algo acerca de que mejor ya no saliéramos mucho de la casa.

Los días siguientes se volvieron extraños. Aquel virus que venía de otros países ya se sentía en el nuestro. Las escuelas cerraron, los negocios también. Las autoridades nos pidieron guardar cuarentena. Mi madre vagaba alrededor de la casa en bata y pantuflas con una tos molestosa que poco a poco se empezó a tornar en un ronquido extraño. Yo le daba té caliente con limón, pero en unos días nos quedamos sin limones. Mi madre languidecía en su cama, la televisión encendida con noticias de muertos y avances de la pandemia. Sin pensarlo saqué dinero del sobre que había dejado en su tocador y me aventuré en la calle. Era el atardecer, aunque no se habían encendido las primeras luces. Yo no había salido en varios días, me sentía un extraño que caminaba en esta calle que siempre estaba llena de gente y vendedores ambulantes, pero ahora se encontraba vacía, en realidad ya no parecía mi calle de lo limpia y solitaria que estaba. Un par de personas pasaron a lo lejos con mascarillas en la cara, yo no tenía mascarilla, pero iba con una bufanda que me cubría la mitad del rostro. Cuando avancé hacia el supermercado, había una cola para ingresar y avanzaba lentamente, aguanté la espera mientras los sonidos de las ambulancias le daban a la calle una sensación de estar viviendo en una guerra. Cuando finalmente pude entrar no había limones, sólo hallé naranjas que costaban un dólar cada una.

De regreso a casa hallé a mi madre dormida de lado, tosía de cuando en cuando, le toqué la frente y ya no tenía fiebre. Lavé las naranjas y las herví junto a dos rajas de canela. Le susurré despacito: "Mamá, mamá..." Pero como no se movió le dejé la taza con el té humeante en su mesa de noche. Me senté cerca a la cama y cambié de canales hasta encontrar algo que me llamara la atención. Pensé en mi padre, en el restaurante vacío, en la galería y en la cara que pondría Wen Wu cuando me viera aparecer cerca a su puesto el día que todo esto terminara... De pronto mi madre tosió otra vez y yo me quedé observando el reloj en la pared, el segundero avanzaba lentamente.

***

Rocío Uchofen (1972 Lima, Peru). Escritora, poeta y promotora cultural. Estudió lingüística y literatura en la PUCP y estudió un máster en Inglés en CUNY CSI. En 2019 recibió una micro-residencia en NYPL por la Poetry Society y participó en la The Americas Poetry Festival of New York. Finalista del premio FILLT de testimonio (TUFTS University). Este año ha organizado dos antologías: Intervalos: 12 narradora peruanas y Staten Island mi historia/Staten Island my story que reúne a 14 escritores latinos con el tema de Staten Island, ésta última gracias a un incentivo de Staten Island Arts grant. Ha publicado los poemarios Liturgias Clandestinas, El Oscuro laberinto de los sueños y Geometría de la Urbe. Los libros de cuentos Odalia y otros sin esquina y En algún lugar del laberinto. Desde 2017 tiene un programa de radio llamado Híbrido Literario en Maker Park Radio.

Cuando sientas el llamado

Miguel Falquez-Certain

A Randy

—Aquí no tengo futuro—dijo, y aspiró el cigarrillo.

—Entonces no podrás enseñarme a jugar béisbol como me habías prometido...

—Carlitos, tú no entiendes todavía... tienes toda tu vida por delante...

—No veo por qué tienes que irte... podrías trabajar con mi papá.

—En este pueblo de mierda no hay futuro.

—Rudy, quédate por favor. Aunque sea un año más.

Rudy abrazó a su hermano menor y le limpió las lágrimas que le corrían por las mejillas.

—No llores, Carlos Alberto. Ya eres casi un hombre. Lástima que no estaré con ustedes para celebrar tu cumpleaños.

El cielo estaba encapotado y la brisa decembrina movía violentamente los palos de matarratón anunciando una tormenta.

—Rudy, no sabes cuánto te echaré de menos... tantas cosas que íbamos a hacer juntos...

—Vendré de vacaciones, nada cambiará... vendrás a visitarme.

—Eso lo dudo, con el terror que le tiene mi papá a los aviones. Tendrás que venir tú a Barranquilla.

Rudy le acarició los cabellos rizados a Carlos Alberto y le alzó en vilo. Un relámpago brilló y zigzagueó en el firmamento y se fue a estrellar contra el pararrayos del Colegio de Lourdes al frente de la casa de los Rivadeneira. Las baldosas de la terraza vibraron con el trueno, una brisa húmeda y violenta les azotó los cuerpos y el cielo se abrió un segundo dándole paso al aguacero.

—Agggg—tiritó Carlos Alberto—. Me pone la carne de gallina.

—Vamos adentro que tienen que estar en el puerto dentro de dos horas.

Mario Rivadeneira, el padre de Carlos Alberto y Rudy, había viajado extensamente en su juventud, pero siempre en buques, vapores que le habían llevado varias veces a Venezuela, México y Nueva York cuando la aviación comercial estaba aún en ciernes y aquéllos que se arriesgaban a tomarlos eran considerados «aventureros». Una vez que la Ley seca había llegado a su término y el *big crash* había dejado a la población norteamericana sumida en la gran crisis económica, Mario Rivadeneira había regresado a casa de sus padres en Barranquilla con la intención de integrarse de nuevo a esa sociedad a la que había eludido por tantos años en sus andanzas de bohemio, actor, torero, empresario y, finalmente, como contrabandista de licor en la Nueva York de los años veinte.

Los pocos viajes que luego hizo a Venezuela los hizo siempre en barco; de allí su arraigada aversión a montarse en un avión. Por eso había decidido que si era cierto había consentido que su segundo hijo, Andrés, mejor conocido como Andy, participara en la comparsa folklórica que ese año representaría al Departamento del Atlántico en la Feria de Manizales, lo había hecho con la condición de que no viajarían en avión ni mucho menos en una avioneta que les llevaría a una segura muerte al aterrizar en el imposible aeropuerto de La Nubia recortado sobre una montaña que, vengativa por la emasculación ejecutada sobre su territorio, esperaba con saña que los frenos le fallaran a cuanto avioncito se atreviera a aterrizar en su seno. No. Mario Rivadeneira no estaba dispuesto a someterse a ese suicidio.

De modo que podría inferirse que don Mario sufría de acrofobia ya que solía contar en un tono didáctico cómo, al dejar a Nueva York, el edificio más alto del mundo era el Chrysler y que el Empire State lo sería unos minutos después (aunque nunca se hubiera atrevido a mirar a la ciudad desde esa alta perspectiva). Podría ser ese vértigo a las alturas lo que le impedía treparse en un Constellation, incluso ahora, ya a punto de finalizar los años cincuenta. O, tal vez, don Mario simplemente era un señor chapado a la antigua, como una vez lo fuera su padre—incapaz de adaptarse a los rápidos cambios de la tecnología moderna. Lo cierto fue que convenció a Salvatore Moscarella, gran amigo suyo y hasta cierto punto una especie de «favorito» si es posible tildarlo de tal modo por estas latitudes, que se desempeñaba como Director del Ministerio Cultural del Atlántico y había sido encargado de representar a la delegación del departamento en la Feria de Manizales, de que viajaran por barco fluvial, carro y tren (tres medios más normales y «arraigados») que someterse a la incertidumbre de una avioneta y a la maldición de la legendaria Nubia. Para convencerle le arguyó factores económicos que siempre son pertinentes cuando se dispone de pocos fondos otorgados por un magro presupuesto gubernamental. Salvatore se dio por vencido después de la larga perorata a la que le sometió, sin suspiro, éste ya envejeciente don Mario, actor dirigido por él en comedias de su propia cosecha y a quien consideraba, además de amigo, mentor y gran hombre de las tablas. También fue fácil convencer a Salvatore ya que éste, a su vez, había hecho muchos viajes culturales (pagados por ricos mecenas criollos asentados en la otra orilla) a Europa, siempre en paquebote, y surcado sus entornos con la ayuda inigualable de los ferrocarriles. El espaldarazo vino, inevitable, cuando se enteraron que remontarían el Río Magdalena en el David Arango: el mejor barco de la flota.

Ésta no era una ocasión como las otras. Se trataba de una oportunidad única, tal vez arrasar con todos los codiciados premios que en los últimos años les habían sido otorgados a conjuntos de raza negra del Chocó y Bolívar. Una nueva coreógrafa, recién llegada del París existencialista de Juliette Greco e Yves Montand, de Jean-Paul Sartre y de Simone de Beauvoir, había irrumpido en su tierra barranquillera (en compañía de su no menos emergente esposo y pintor) con bombos y platillos. Salvatore Moscarella se encargó de cortejar estos nuevos y descomunales talentos por medio de espectáculos y exposiciones que su ministerio organizó a lo largo de ese año y, ya en noviembre, la coreógrafa se sumergió con furia en ensayos maratónicos en la Escuela de Bellas Artes en donde les sorprendía muchas veces la luz del alba colándose por las persianas. El grupo se formó alrededor de la reina del carnaval y de una cohorte de muchachos alegres que, como descubriendo un nuevo juguete, se entregaban ebrios en brazos de esta Terpsícore criolla a aprender sedientos los desenfrenados pasos de la Cumbia y del Mapalé. Para colmo de la dicha, el esposo-pintor asintió a hacer los decorados y los diseños del vestuario. Todo iba viento en popa.

El único inconveniente que encontraba don Mario era que toda la familia no pasaría junta las fiestas navideñas. Rudy, luego de haber trabajado en un sinnúmero de empleos desde cuando abandonó el segundo de bachillerato (vendiendo joyas con don Mario, ayudándole en sus rifas, en su tienda de fotografía «Estudios Artísticos Rivadeneira», como locutor en las Emisoras Unidas) tenía que quedarse cumpliendo con su más reciente trabajo de dependiente y vendedor de automóviles, tanto por ser la mejor temporada para esta clase de negocios como porque debía ahorrar hasta el último centavo para comprar dólares si quería irse a vivir, como lo tenía planeado, a los Estados Unidos el próximo quince de enero. Por su lado Betty, la hija mayor de don Mario, que estaba separada de su esposo, debía asimismo atender a sus obligaciones como secretaria ejecutiva de la Federación Nacional de Cafeteros.

Por otro lado, don Mario decía que a «la oportunidad la pintan calva», refiriéndose a la posibilidad de tomarse unas vacaciones largas, por mucho tiempo postergadas, que bien se merecía. Y no menos oportuna era ya que, cayendo la feria durante las vacaciones escolares, su hijo menor, Carlos Alberto, podía acompañarlos y celebrarían esta vez el cumpleaños de su hijo consentido ya en el bote o en Manizales, de todas formas lejos de Barranquilla y de su rutinaria fiesta infantil con payasos, pudines, magos y mimos. No había que olvidar tampoco la oportunidad de matar dos pájaros de un tiro: su otro hijo, Andy, acababa de terminar el bachillerato y, aunque todavía no le habían dado el diploma pues debía habilitar dos materias para recibirlo, había que celebrarlo de alguna forma. No menos propicia era la ocasión ya que la famosa coreógrafa había escogido a Andy para el elenco de los bailarines principales y, si bien era cierto que ya tenía diecinueve años, don Mario no le iba a dejar ir a tierra extraña «por la libreta», como él decía, sino bajo la supervisión de sus padres. Dolores, su esposa, estaba encantada de poder ver a Andy, su hijo favorito, finalmente cosechando los triunfos artísticos que ella estaba segura estaban consignados en su destino por las muestras más que fehacientes que Andy había dado desde niño en el canto, el baile, los instrumentos de cuerda y el teatro.

De esta forma los Rivadeneira habrían de ser conducidos hasta el Terminal Marítimo y Fluvial de Barranquilla por Rudy, quien les recogió en la puerta de la casa a las dos en punto, cuando el aguacero y sus «arroyos» habían dejado sus rastros marcados en las calles pavimentadas del Prado, cuando los automóviles se dirigían al centro de la ciudad en donde sus pasajeros debían continuar las labores interrumpidas y postergadas por el almuerzo y alargadas por el temporal, y justo cuando un rayo de sol irrumpía soberbio sobre los pinos gigantescos de la terraza frente al Colegio de Lourdes.

—Rudy, Rudy.

—¿Vas a portarte bien con mi papá?

—Sí, Rudy. Antes de que te vayas me enseñarás a parar la bola con tu manilla.

—Seguro, Carlitos. Pero pórtate bien con mi papá. No vayas a darle una de tus rabietas, mira que ya está viejo.

—Te lo prometo.

Rudy se agacha, le abraza y le acaricia los bucles.

—Cuando regreses de Manizales tenemos que hablar de hombre a hombre.

Carlos Alberto le mira confuso.

—No te preocupes. Dentro de poco tú notarás los cambios.

—¿Qué cambios?

—La voz, el cuerpo... ¡Feliz cumpleaños, Carlos Alberto! Dentro de poco cumplirás once años.

—Estaré en el David Arango, si acaso.

—Donde estés, acuérdate de mí.

—Sí, Rudy.

Rudy le acaricia los bucles y le agarra la barbilla.

—Cuídate, Bartolo.

Carlos Alberto le da un beso en la mejilla y corre hasta la pasarela donde don Mario le espera con los brazos abiertos.

He estado admirando a los otros muchachos jugar en la borda del barco. A medida que el David Arango asciende por estas aguas turbulentas me siento tan solo, lejos de mis amigos, no sé cómo comportarme. Por las noches los grandes beben whiskey en el bar con aire acondicionado, mi papá y mi mamá bailan lánguidos boleros y Andy se distrae con dos antioqueñas que conoció al abordar. Son simpáticas, pero me hacen sentir mal cuando me miran, me tocan, me besan.

Con los totumos que compramos en la ribera de Magangué jugamos a echarnos agua en los cuerpos semidesnudos, y noto que, en sus vestidos de baño, ya húmedos, se les marcan bultos demasiado grandes, protuberancias que no se identifican en tamaño a las observadas por mí cuando me miro curioso en el espejo por las mañanas.

Muchas veces siento que me sonrojo, que los otros van a darse cuenta que los miro con demasiada insistencia, que se burlarán de mí o me perseguirán para pegarme. No sé cómo mirarlos, no me siento cómodo en compañía de las hijas de los músicos y tripulantes que nos acompañan en estas tardes húmedas entonando tantas veces «Pilá, pilá, pilandera...» y rompiendo en danzas desenfrenadas al compás del «Gallo giro». Tan sólo la hija de la cantante, con sus ojos grandes y verdes, me inspira confianza y con ella he jugado todo el día dominó. Me mira con ternura, a veces nos abrazamos en los rincones de los corredores de los camarotes y nos damos un besito en la mejilla antes de irnos a dormir.

Cuando por fin llegamos a las escalinatas del puerto del Banco pude salir del susto que pasé al despertarme. Me encontré los primeros vellos púbicos y no sabía qué hacer con la erección tan anunciada por todos mis amigos. Mi papá llegó a buscarme para que fuéramos al pueblo y corrí a la regadera en donde pude desahogarme. Nadie notó nada diferente cuando subimos por las hermosas escalinatas hasta el pueblo. Ni siquiera después de que me puse varios pedazos de papel higiénico en los calzoncillos para que el bulto fuera comparable a los de los demás muchachos.

Y aunque después todo el mundo se fijaba en mí porque puse en práctica los conocimientos de póquer que mi papá me había enseñado a lo largo de estas vacaciones, ni siquiera entonces me sentí contento. Había ganado todo el dinero, incluido el de las dos amigas de Andy, cuando se me salió un gallo sin darme cuenta. Las antioqueñas soltaron una carcajada y me levanté furioso no sin antes recoger todo el dinero que les había ganado.

Y, sin embargo, cuando mi papá y mi mamá me llevaron de la mano por todo el pueblo de La Gloria, y mi papá nos contaba sus aventuras cuando él era contador de un barco fluvial a la misma edad de Rudy y le tocaba viajar por estos pueblos constantemente, me sentí seguro, contento de estar con ellos pero, al mismo tiempo, triste porque me acordé que Rudy no estaba con nosotros, de que se irá para Miami cuando regresemos. Mi papá nos mostró una pizarra en la plaza de La Gloria que decía: «Aquí se sufre pero también se goza», asegurándonos que siempre, desde que él la recordaba, había estado allí, con esa misma tiza, con esa misma caligrafía. «El tiempo no ha pasado», nos decía.

Pero dos telegramas que llegaron anoche, cuando yo estaba durmiendo, le han dañado el paseo a todo el mundo. Uno de ellos dice que los que se fueron por avión ya están en Manizales y que nos esperan para ganarles a los cartageneros. El otro telegrama, dirigido al capitán, le dice que no podrá llegar hasta La Dorada, como teníamos previsto, pues el río se está secando y el David Arango tiene mucho cabotaje para poder llegar allá con tan poca profundidad sin atascarse.

Mi papá se ha puesto furioso pues mañana tendremos que quedarnos en Barrancabermeja y de allí tomar una avioneta hasta Manizales. Se la ha pasado peleando con Salvatore toda la tarde «por haberlo traicionado». Mi mamá no hace sino llorar pues mi papá dice que ya no irán a Manizales, que «sobre su cadáver» Andy irá solo a la feria en esa avioneta-de-mala-muerte, que «donde manda capitán no manda marinero».

Por la noche me despierto sobresaltado varias veces y le digo a Andy que no se preocupe, que todo saldrá bien, que mi papá lo dejará ir, que este año los barranquilleros ganaremos en la feria.

Pero todo en vano. El cuerpo lo siento calenturiento, tengo

fiebre, los vellos en las axilas parecen que me hubieran salido de la noche a la mañana o que no los hubiera visto antes, me siento enfermo con ganas de vomitar, de regresar corriendo a casa, de irme al patio adonde está Toribia, mi chimpancé y mascota, para jugar con ella sobre la hierba y escuchar a los turpiales, pitirres y jilgueros en la jaula gigantesca, y luego observar a las bailarinas y escalares en las piletas y acuarios de mi casa. Todo en vano, todo en vano, un sudor me corre por el cuerpo y siento frío, siento que me estoy muriendo, que un suspiro se me escapa de los labios, y luego el paroxismo, el paroxismo último que es el último placer y el último pecado.

Después de haberme puesto los pantalones blancos ajustados y de habérmelos subido hasta el tope de forma que se me marcara un bulto respetable, me dirigí al puerto petrolero de Barrancabermeja. Andy y las antioqueñas nos acompañaron a recorrer este pueblo que me parece más caliente que Barranquilla, aunque por fortuna un amigo de mi papá que vive allí nos llevó a almorzar al Club Naval que acababan de inaugurar y que tenía aire acondicionado. Allí la cosa se sentía distinta y la vista al río cuesta abajo (pues el club se encuentra sobre una colina) es muy linda.

Y aunque el señor amigo de mi papá nos invitó esta noche al baile del Club Naval, me siento triste porque no sé qué pasará y me acuerdo de Rudy en Barranquilla en donde esta noche todo el mundo estará celebrando en las calles la fiesta de las velitas. Solamente nos quedan dos alternativas, dice mi papá (quien ha dicho terminantemente que no irá con el resto del grupo en avioneta): o esperamos en Barranca el buque de regreso o nos vamos a Bucaramanga en tren a visitar unos parientes y pasar con ellos las navidades, y sanseacabó.

Dicho y hecho, a mi papá no hay quién lo convenza, y hemos ido al aeropuerto a despedir a Salvatore y al grupo, y de pronto Andy se le arrodilla a mi papá rogándole que lo deje irse a Manizales, pero todo en vano, y mi mamá comienza a lloriquear, y Andy se desmaya en mitad de la pista de manera que tienen que llevárselo a la sombra y luego en ambulancia hasta la clínica.

Y ahora estamos aquí en medio de este inmenso Club Naval que todavía no está terminado, con sus techos obtusos y angulares, sus salones sin empañotar repletos de militares y de gente que no conozco y que en cierta forma me intimida, cuando afuera un gran estallido se siente y en un gran fogonazo el cielo se ilumina, y hay un apagón en el club y la gente sale corriendo enloquecida buscando una salida, y el terror me camina por el cuerpo, y me aferro a las manos de mi papá y de mi mamá, y lloro, y grito, y nos empujan enceguecidos, y las sirenas de los bomberos se oyen a lo lejos, y el calor nos asfixia con un tun-tun-tún, tun-tun-tún que baja de la montaña, y cuando finalmente logramos salir al gran portal de esta larga, monumental, inmensa y absurda pirámide moderna que ya en su nacimiento luce abandonada, afuera el sol de un demencial infierno revienta el cascarón del David Arango que yace ahora solo, retorciéndose en las llamas de un torbellino inaplazable.

***

Miguel Falquez-Certain nació en Barranquilla (Colombia). Participó en talleres de narrativa con Manuel Puig (1977); Reinaldo Arenas (1982); Alain Robbe-Grillet (1983); y E.L. Doctorow (1984). Es autor de diez poemarios, seis piezas de teatro, una noveleta, una novela y un libro de narrativa breve por los cuales ha recibido varios galardones. En octubre de 2019, la XIII Feria Hispana/Latina del Libro en Nueva York se celebró en su honor. En 2019, Nueva York Poetry Press publicó su antología personal de poesía *Hipótesis del sueño*. En octubre 2020, Escarabajo Editorial de Bogotá publicó su novela *La fugacidad del instante*. Vive en Nueva York desde hace más de cuarenta años y se desempeña como traductor en cinco idiomas desde 1980.

DÍA X

Carlos E. Velásquez T.

El color ocre es color de muerte, los seres cuando van a morir se tornan ocres—, eso decía mi abuelo cuando aún era verde y no le hacía daño tomar el agua venida fuera de temporada; pero yo no creo eso, la muerte no puede tener color, es simplemente la muerte, llega cuando tiene que llegar, sin anunciarse, sin colorear su camino.

El suelo está suave hoy, siempre que hay lluvias el suelo es suave; es como si cada gota de agua que cayera fuera una caricia de esas que las muchachas le dan a sus novios para convencerlos de algo que quieren. Sí, así es el suelo; es como un hombre gruñón, seco, áspero tal vez, pero que con la menor caricia empieza a suavizarse (proporcionalmente a la cantidad de dedos que lo han tocado, es suavizado hasta convertirse en una masa sin voluntad, moldeable solo con la mirada).

Hoy el suelo está suave, se siente suave, tranquilo; digo tranquilo porque hoy lo está, no siempre está tranquilo. Hace poco, este pobre suelo tuvo una epidemia de conejos que lo martirizaron haciéndole galerías que formaban un *subway* de pulgas y pelos; pero en fin, los cazadores los acabaron, las galerías se derrumbaron y ahora sólo quedan lombrices de tierra que le dan masajes, lo refrescan y lo tranquilizan.

DÍA X + 1

En estos días hay poco sol, poca actividad; el aburrimiento comienza a hacer sus fechorías. Ese es el problema de los árboles, con poco sol hay poca actividad, y, más en este sitio con pocos árboles alrededor; la luz no falta, por poca que sea alcanza para todos, y da la pensadera porque no hay más que hacer, doce horas de poco sol y así hasta el verano. Los árboles deberían ser nombrados los pensadores del invierno, puesto que sólo se hace eso, por lo menos en verano uno se preocupa por hacer alimento, florecer, robarle humedad al suelo seco y áspero; pero en invierno todo es fácil y se está más solo. El árbol más cercano está a cien metros y es difícil comunicarse desde acá, por eso, siempre estoy solo.

DÍA X + 2

Cómo Llueve, todo está anegado, las aves se han refugiado en todos los árboles de estos lados, pero menos aquí; ya no me extraña, desde que esos hombres vinieron y cortaron a todos los otros ya no vienen ni los pájaros, solo hay hierba. Me pregunto si esa mirada de desprecio de esos hombres fue una bendición para dejarme vivir o una maldición para matarme de tedio. Es como una venganza, una burla por mi apariencia desgarbada y mi delgado tronco, me inclino a pensar que fue venganza por no proporcionarles la dicha de entregar mi madera a sus sierras dentadas, apestosas a gasolina, ¡Qué digo entregar! No se les dio la gana de matarme también; cómo me hubiese gustado morir con los otros y no quedarme aquí viviendo de su muerte y muriendo en mi soledad.

Diez horas lloviendo.

DÍA X + 3

Las gotas escurren por todas mis ramas y bajan por mi tronco (en invierno es casi negro porque siempre está mojado), siento la humedad desde la copa hasta la última ramificación de la raíz y, estoy cubierto en toda mi superficie por un plasma viscoso de agua y polvo. Ya no viene nadie por aquí, hace más de un año que nadie viene por aquí; los últimos fueron esos hombres armados que llevaron a los campesinos de la casa del río para matarlos. Aún los recuerdo, los llevaban diez hombres con color de árbol y caras sucias; el que mandaba los gritaba, todos en fila, primero el padre, después la mujer con un bebé en brazos y más atrás dos niños cogidos de la mano, llegaron a la mata de monte; una ráfaga, después silencio.

DÍA X + 4

Las nubes pesadas se juntan y chocan, bramando con gritos de odio la maldición de no acariciar la tierra caliente, por eso se enfurecen y descargan sus rayos incandescentes y el agua, como la última esperanza de crear el puente entre el cielo y la tierra. Hoy el aire está pesado, tal como si ya no fuera aire sino una sopa de fango y putrefacción. El sol no se ve desde hace ya varios días y el color de plomo se ha apoderado del horizonte, el color de plomo que se quedó sembrado en las cabezas de los niños del río, el color que le cerró la puerta del horizonte a los seres que querían volver. Ya nadie viene por acá desde que el color de plomo le cerró la puerta al horizonte y el sol no lo impidió; antes, la gente venía, las familias con niños y los cazadores y los pescadores que iban al río; todos nosotros los veíamos pasar, los oíamos hablar y el horizonte era verde y azul y luego rosa y el sol no dejaba de brillar y la brisa empezaba a correr y todos comenzábamos a mecernos en una danza sutil, acompasada, cada uno se entregaba totalmente a su voluntad susurrando la canción de los bosques, de los campos, hoy todo es de plomo y fango, hasta la hierba tiene color de plomo y fango.

DÍA X + 5

Anoche llovió aún más, tanto que revolcó el suelo, la lluvia lo apaleó toda la noche y lo penetró, lo violó como a la madre tierra; pero, no parirá porque no hay simiente viva. Sobre el suelo hay un montón de carne rosada, arrancada y ahogada, muerta (un montoncito quedó junto a mi tronco).

Las lombrices se revolcaban aún al amanecer; se negaban a morir, a seguir masajeando al suelo, se juntaban y se entrelazaban y, se hacían nudos, luego murieron, Muchos tubos de carne inerte regados sobre el suelo se podrirán porque ya no hay nadie que los coma.

DÍA X + 6

La lluvia está deshaciendo las lombrices que quedan aún por allí, se deshacen en un líquido sanguinolento, que vuelve a la tierra.

Siento un extraño hormigueo en la base, debe ser el exceso de humedad o la baja presión ó la fina capa de llanto de hierba que solloza sobre el fango. Siento que se está formando otro anillo dentro de mí, otro nudo que estrangula mi corazón vegetal, le robaré espacio al campo y el campo me seguirá matando con su infinito espacio. Siento un extraño hormigueo en mi base, debe ser el exceso de humedad: Ahora veo junto a mí un punto marrón que nunca había visto. ¿será que está naciendo algo? ¿será que viene saliendo de la tierra algo distinto a la hierba pusilánime? ¿será que por fin viene algo para ajusticiar mi paz? ¿O será que se están desenterrando todos los cadáveres que plagan al mundo, todos los muertos que no tienen ni cruz ni paz y se salen de su purgatorio subterráneo atormentados por el golpeteo incesante de la lluvia sobre la tierra? Será que la tierra se está rebelando contra toda la profanación a que ha sido sometida y está vomitando todo lo que le han clavado en sus entrañas y se está pudriendo. ¿Será que la tierra protesta contra su humillación de ser el sostén de toda la mierda del universo? Sí, la tierra se está rebelando, está naciendo un nuevo ser.

DÍA X + (7,8 O 9)

¿Qué es el tiempo? ¿Un patrón para medir lo que sucede en el transcurso de dos actos, los cuales sirven como punto de referencia? ¿Un arbitrio que gobierna los deseos o la capacidad que tiene todo ser pensante para desesperarse por no alcanzar a resolver todas sus dudas y esperanzas en la medida en que aparecen?

El tiempo se mide si transcurre; o sea, medimos una hora, un siglo, pero, ¿quién en realidad mide al tiempo? ¿Un reloj, un aparato inventado en función del tiempo, un aparato que marca una fracción determinada y precisa entre otras fracciones determinadas y precisas que son insignificantes porque tejen un camino desarticulado al infinito? ¿O un observador que se detiene y gira sobre su eje cuando los sucesos se aproximan y luego se alejan? Pensamos en el tiempo como una línea rígida e inquebrantable pero, ¿no cabría la posibilidad que no fuera así? ¿no estamos en la misma posición del viajero ocasional, que después de estar encerrado en un compartimiento, llega a su destino y cree que la distancia se ha acortado, vuelve su mirada atrás y no encuentra su origen? ¿Y si viajáramos por el tiempo y no con él? ¿y si el tiempo no fuera recto sino plano? ¿Plano como una mesa infinita sobre la que se desplaza el universo? El tiempo no pasaría; seríamos nosotros quienes pasaríamos sobre él, viajaríamos por él sin rumbo determinado, vagando incoherentemente; seríamos la carga que no se montó sobre la mula, la fornicación antes del deseo, hijos de todas las madres y de ninguna.

DÍA X + X

Otro día de delirio, cuánta agua ha caído, ya el punto marrón se ha desdoblado en un cúmulo de colores; es tan verde, tan azul, tan púrpura pero, sobre todo es rojo brillante, esponjoso y húmedo como un beso. Se siente como un beso y como un abrazo. Ha crecido mucho, ya me rodeó, ya me abrazó. Todo en mi tronco es abrazado, cobijado y, es gozado con perversión asfixiante. Siento un hormigueo en todo el tronco y las ramas, en todo mi ser subterráneo; me siento débil, será por la certeza de que soy digerido en vida, digerido por el tiempo y por la lluvia. Ser absorbido es deliciosamente macabro, se siente la cercanía inevitable de la muerte y se goza esperando su triunfal llegada. Ahora lo comprendo todo, la maldita tiñe su manto con el tedio, lo sazona con la desesperación y disuelve la esperanza en un caldo de nostalgia y pena. Me estoy poniendo ocre, ahora comprendo mucho... La muerte es de color ocre como yo, es de color de árbol y caras sucias o, solamente color de árbol; es de color de plomo, de color de fango, es de color marrón y luego verde, azul, púrpura, pero sobre todo rojo brillante, luego nos abraza y besa, ahora nos bebe. Ya mi tronco está podrido, ya no resiste más, cruje, se parte...

***

Carlos Velásquez Torres Ph. D. (Bogotá, Colombia) Poeta, traductor, músico y académico. Asistió a la Universidad Nacional de Colombia donde estudió música y literatura. Más Adelante obtuvo una maestría en Literatura y Estudios Culturales en la Universidad de Washington en Seattle. Luego, en Tucson, realizó su doctorado con especialización en Literatura Latinoamericana, cine y teoría literaria en la Universidad de Arizona. Ha enseñado en Bowling Green State University y en New Mexico Highlands University. Ha publicado dos poemarios, *Versos del Insilio* y *Es de tontos el regreso* (Ganador del Premio Internacional de Poesía Revista *Hybrido*). Artepoetica Press publicó su traducción y edición de la colección de cuentos del autor irlandés Seamus Scanlon *Irlanda en el corazón*. Velásquez es editor general de la colección Rambla de Mar de Artepoetica Press. Actualmente trabaja en New York donde es co-director de The Americas Poetry Festival y trabaja como miembro del cuerpo profesoral de City College of New York, Queens College and College of Mount Saint Vincent.

Es solo cosa de actitud

Esteban Escalona

«Te acompaño el jueves», fue lo último que dijo Deyanira antes de salir. La voz y el portazo que sacudió las persianas hizo que Carlos no pensara en otra cosa que en una advertencia; pero, «¿a dónde?» Esa pregunta le dejó una urgencia en el cuerpo que lo desconcentró de las imágenes del noticiero y la joven alemana asesinada en Brooklyn y el policía junto al cuerpo, haciendo señas al camarógrafo para que saliera del "sitio del suceso". La angustiosa voz del periodista de Univisión, leyendo los detalles del homicidio creaba un aspecto más desolador a la escena del crimen y a la pregunta: «y ¿a dónde me quiere acompañar?» Carlos siguió bebiendo su café y dando aletargados mordiscos a una tostada con mantequilla que se desgranaba entre sus gruesas manos, mientras el noticiero pasaba de la crónica roja al informe del tráfico. «¿A dónde?» Y fue por esas imágenes de largas filas de vehículos en el Long Island Expressway, que lo recordó y un dolor en el estómago le hizo perder el apetito.

¡Mierda!

Carlos y Deyanira no se hablan desde el último cumpleaños familiar, y eso de "te acompaño el jueves" es lo más cercano que han tenido, si se puede decir de esa forma, a una conversación. Sintió como si fuera una cita con el demonio, «ni modo, ¡ni la virgencita me salva de ésta!». Deyanira regresa todos los días muy tarde de su trabajo en el marketplace que está justo en la esquina de la noventa y seis con Lexington, donde trabaja de cajera. Los domingos van juntos a misa en español que hace el curita Sarmiento y se dan el saludo de paz, ella mirando para un lado y él para el otro. Reciben la comunión y luego se arrodillan ensimismados en sus tribulaciones. Carlos cierra los ojos y le pide a Dios que de una vez por todas sus problemas desaparezcan. Pero no ofrece nada a cambio. Ni siquiera una vela a alguno de los santos. Cuando llegan al departamento, el almuerzo se transforma en una oda a la indiferencia. Sentados frente a frente en la pequeña mesa, se evitan mirando sus teléfonos y con teatrales gestos deslizan el dedo sobre la pantalla hacia arriba, luego hacia abajo, luego *texteando* algún mensaje, una risa preparada, y luego seguir buscando en la pantalla alguna nueva excusa para no hablar. Después de comer se levantan, «muchas gracias, de nada», Carlos se va a dormir la siesta junto a su teléfono porque piensa que María lo puede llamar en cualquier momento. Los domingos son más difíciles porque ambos están en el pequeño departamento intentando evitarse, asediándose en ese pequeño campo de batalla urbano. Algunas veces, Carlos, o el "burro" como le dicen sus amigos, se queda observando los movimientos de Chelsea, la gata de su vecina, para tratar de descubrir cómo lo hace para entrar en su departamento y moverse por todas las habitaciones sin que ninguno de los dos se dé cuenta, dejando tan solo restos de pelos en la alfombra como testimonio de su paso por el lugar. En cambio Carlos y Deyanira son como dos *eighteen wheeler trucks*, siempre a centímetros de estrellarse.

Es cierto que desde el cumpleaños del hermano de Carlos que no se hablan, como también lo es que, desde ese día, las peleas fueron creciendo a medida que Deyanira buscaba explicaciones que no llegaban y su paciencia estalló definitivamente el día de las fiestas de Halloween:

—Y a ti, ¿no te da la cabeza para aprender inglés? —Le enrostró Deyanira—, llevamos diez años y aún no entiendes una simple pregunta, *"b u r r i t o"*.

La discusión había comenzado en el *deli* del barrio debido a que la cajera no hablaba español y le hizo preguntas a Carlos en un inglés con fuerte acento asiático. El la miró molesto y luego buscó a Deyanira para que le sirviera de intérprete. Eso fue suficiente para colmar su paciencia. La discusión se prolongó con gritos de ida y vuelta hasta llegar a la entrada de su edificio, donde Deyanira le criticó su falta de empeño por aprender inglés; unos metros más allá, una pequeña familia de dominicanos que preparaban su *barbecue* cerca del estacionamiento, se dio vuelta, simulando sacar unas cervezas del *cooler*, solo para ver cómodamente esa ridícula discusión.

—Y qué culpa tengo que la china no hable español, si aquí nadie habla inglés, en Queens no necesitas hablar inglés, ¡nadie lo necesita!—, le respondió, mientras miraba de reojo la reacción de sus vecinos dominicanos, para que les quedara bien en claro quien manda aquí, no sin antes gritarles —¡Y ustedes qué miran!

Deyanira se tomó la falda y caminó a marcha forzada hasta a las escaleras del edificio donde se detuvo de golpe.

—Pero tu hija no habla español, y después no sé de qué te quejas, burro.

—Tú y esas ideas que se te metieron en la cabeza, de esconder su español, tú y tus miedos, y ahora mi hija...

Carlos detuvo su verborrea al mirar el rostro de Deyanira, como se descomponía en pedazos de amargura que corrieron por sus mejillas hasta llegar al suelo y que lo descolocó completamente. Pensó que recibiría una dura respuesta, pero no fue eso.

—Mi María... —suspiró Deyanira— ¿Por qué dejaste que le hicieran eso?

A las semanas siguientes de esa discusión despidieron a Carlos del trabajo, mientras que su hija, María, se marchó del departamento. Aquella tarde, Carlos pensaba llegar temprano a casa después de terminar unas instalaciones eléctricas en un *penhouse* de dowtown, cuando Vergara, el dueño del *building service,* lo llamó para ordenarle que pasara a la oficina. Sintió algo extraño, la voz del jefe ya no era divertida, esa siempre con la broma de doble sentido en la punta de la lengua, y pensó que algo malo se venía. «Estamos quebrados», le dijo sin rodeos. Carlos no supo cómo reaccionar. Pero luego le sucedió algo extraño, le vino al cuerpo esa energía revitalizante que sienten los enfermos antes de morir, esa calma antes de la tormenta: «Boss, todo se va a solucionar, todo va a estar bien, ya verá».

Durante semanas Carlos se movió por Queens, el Bronx, Brooklyn, incluso New Jersey buscando un trabajo. Luego las semanas se fueron transformando en meses y los meses en estaciones de angustia y rabia acumulada. A veces, visitaba a sus amigos en la construcción para averiguar si había trabajo de *handyman*. Incluso visitó a su cuñado *realtor* en Astoria, a quien no veía desde aquel cumpleaños. Pero la respuesta siempre era la misma: no hay trabajo. El tiempo quedaba atrás, pero no así su desesperación. Deyanira también se desesperaba, más aún después de la partida de María a Allentown. «¿Allentown?», preguntó Carlos el día que Deyanira se lo dijo, para luego intentar teclear el nombre de la ciudad en el *Google Maps* de su teléfono, porque nunca imaginó que su hija se iría más allá de Long Island.

Después de un mes, muy cerca de Navidad, María llamó a su madre. Hablaron sobre la renta de su nuevo departamento, mientras que con la cámara le mostraba los dormitorios y esa cocina con vista a un parque con muchos árboles. Hablaron sobre su nuevo trabajo en el hospital en el área de pediatría, y lo tranquilo que era todo, muy diferente a Queens, mientras Carlos escuchaba con esa cara de macho herido. Por más que trataba, no lograba entender la conversación. Ellas hablaban un *Spanglish* que él no lograba entender y esas risitas cómplices terminaron por enfurecerlo «y no señor, de mí nadie se burla», y arremetió en la conversación frustrándose aún más al no poder decirle a su hija que la extrañaba, mientras ella a cada instante lo intervenía con eso de «no te entiendo, Carlos, habla más lento, Carlos». «¿Carlos? Qué te has imaginado, soy tu padre pendeja insolente», le gritó fuerte pero luego no supo cómo contener la potente respuesta que le llegó en inglés y que no debió ser nada bueno porque Deyanira miró al cielo pidiendo disculpas a Dios y luego a "burro" pero con un odio que no sentía desde aquel último cumpleaños familiar.

Lo sucedido durante ese cumpleaños fue algo confuso; pero confuso para la familia de Carlos, porque la unión familiar es más importante que cualquier emoción personal. Una forma de subsistencia que por generaciones había dado buenos resultados. Fue durante ese cumpleaños de fines de agosto, cuando María preparaba la carne para el *barbecue,* que sucedió ese acto "confuso". Toda la familia de Carlos, tíos, abuelas y primos estaban en el patio recogiendo los dulces de la piñata que acababan de romper, entonces el hermano de Carlos fue a conversar con María que estaba en la cocina condimentando la carne.

—¿Qué haces? —le dijo expirando un fuerte olor a alcohol.

María lo miró con desprecio, ese que siempre le tuvo, y tomó la bandeja con la carne para huir del lugar.

—No te vayas, ya ni conversamos, sobrina—. La imponente figura del tío, muy distinta a la pequeña figura de Carlos, intimidó a la joven que se mantuvo inmóvil con su mano apretada en la bandeja como si fuera un arma que nunca podría utilizar. Fue entonces que entró Deyanira a la cocina.

—¡Qué haces! —gritó la madre con su voz de comandante mientras él se alejaba de la joven sacándole las manos de los senos.

—Nada, mujer, ya ni se puede conversar tranquilo con la sobrina—, le respondió con una irónica sonrisa de borracho.

Deyanira fue a abrazar a su hija mientras él se escabullía lentamente balbuceando maldiciones en el camino. Luego llamó a Carlos con gritos de espanto que asustaron a todos los que estaban en el patio recogiendo los últimos dulces de la piñata, y que Carlos calmó con una torpe excusa: «Vio una *supercucaracha*», y sus parientes festejaron las ocurrencias de Carlos. Cuando entró a la cocina ellas estaban abrazadas y María temblaba ocultando su rostro de vergüenza. «Debe ser un error, somos todos familia», «¡pero Carlos!», «no mujer, no empecemos de nuevo con problemas, menos ahora», le dio un abrazo a ambas y se llevó la carne al patio dejándolas ahí, solas, esperando una respuesta que nunca llegaría.

Hace unas semanas Dios se acordó de las plegarias de Carlos.

El portador del mensaje fue Pedro, su vecino. Ese día lo llamó para ofrecerle un trabajo en el aeropuerto LaGuardia, parqueando carros de los clientes del Hotel IBIS y Aloft. Carlos vio la oportunidad de trabajar en algo fácil, cerca de su hogar y con buena paga, «las propinas son muy buenas», le dijo Pedro, quien hace años trabajaba en eso y lo recomendó a su jefe con una excelente carta de presentación: «burro, es trabajador y honrado». Lo contrataron, pero había un problema que sólo confidenció después de la entrevista: no tengo licencia de conducir. Ese mismo día Carlos sacó una cita en el Departamento de Vehículos para dar el examen y Deyanira lo supo todo por la carta que llegó días después confirmando la hora y lugar del examen que Carlos debía rendir: el jueves a las diez y treinta.

«¡Mierda!»

Carlos se echa sobre el respaldo del asiento. «¿Me va a acompañar al examen de conducir? ¿Qué pretende esa mujer?» Luego deja el pan con mantequilla en el plato y apaga el televisor cuando el noticiero de Univisión cambia de *Long Island Expressway* al tráfico de Manhattan. Entonces recuerda que debe llamar a Pedro para pedirle un vehículo con el cual practicar.

Los días pasan como siempre, tensos, angustiantes, sin mirarse, sin hablar, sobreviviendo en un espacio que ya no desean y donde las fotos de sus padres colgadas en el muro de otro mundo, delataban aquellas realidades pasadas y presentes a la vez. Es el día del examen. Carlos y Deyanira salen muy temprano al Departamento de Vehículos. Ella, siempre en silencio, disfruta en todo momento el torpe comportamiento de su esposo. Carlos cierra la puerta del departamento. En la calle, le dice a su mujer que espere, «parece que no cerré con llave» y sube nervioso al departamento. Luego toman el bus hasta el aeropuerto para retirar el carro que Pedro había sacado a escondidas del estacionamiento. En el bus, Carlos revisa una y otra vez sus documentos. Los deletrea para asegurarse que son los que necesita y los guarda en su cartera. Luego, parece que algo no está muy claro y los vuelve a sacar. Deyanira lo mira mientras se hecha una pastilla de menta en la boca. Carlos la mira de soslayo, con rabia, porque está seguro que ella disfruta cada escena. En La Guardia, Pedro lo espera con el Toyota Prius. Carlos nunca se ha subido a uno de esos coches eléctricos y al encenderlo, pensó que la batería se había descargado. Nada, ni un sonido. Deyanira, que estaba sentada a su lado, lo mira preocupada:

—A poco que ahorita se te olvidó manejar, burro.

—Es que parece que no enciende.

Pedro que está parado en la entrada del estacionamiento, lo mira angustiado, hace un gesto con ambas manos para que salgan rápido antes que llegue el jefe. Carlos pisa el acelerador y el carro da un tirón que hace sacudir la cabeza de Deyanira, y luego avanza suavemente.

—¡Mira el tablero!, ¡mira el tablero! —le grita Pedro cuando Carlos pasa por su lado. Ahí pudo verificar los signos vitales del vehículo.

Eran casi las diez cuando llegan al Departamento de Vehículos, donde los murmullos de enjambre humano se apagan de golpe cuando aparece una de las evaluadoras que luego de leer la ficha, grita:

—Míster Carlos González... Carlos González —la segunda vez el tono parece más irritado.

La mujer, una morena alta y maciza, lleva amarrado a su cuello una pañoleta de seda morada y viste de falda gris, lo suficientemente corta como para dejar ver el tatuaje de una serpiente en sus muslos. Mira atenta por todo el espacio, como buscando una presa que despedazar hasta que la encuentra en un pequeño cuerpo que camina indeciso hacia ella.

—¡Follow me! —le dice sin siquiera mirarlo.

Carlos recuerda los consejos de Pedro, sobre el ser amable en todo momento. Cuando la mujer entra al vehículo y se acomoda en su asiento para escribir algunas notas en la ficha, Carlos se apresura en aconsejarle:

—Please, put on your seatbelt.

—You won't tell me what I have to do. —Carlos no entiende muy bien, pero el tono de voz le deja muy en claro que la mujer estaba molesta por el consejo.

—¿Enciendo el motor?

—Oh man, speak English. We are in America!

—Oh, yes, yes, sorry, señorita.

—English, please...

Carlos trata de pensar en algo que lo tranquilice y recordó cuando María gateaba por el departamento siguiendo esa pelotita de goma que había comprado en la feria y reía con esa energía que solo traen los críos en sus primeros años de vida. Se sintió feliz y el carro comienza a moverse. Dobla por Jamaica Avenue, y sigue sin complicaciones las instrucciones que son en un inglés muy claro, pero al llegar a Hillside Avenue, la mujer da una última instrucción.

—Park the car here, please.

—¿Qué?

—Park the car...—Carlos entiende tarde y se pasa de largo. Detiene el carro para retroceder.

—What are you doing?! Don't back up!

—Sorry, sorry—, el motor del coche se detiene y Carlos trata de hacerlo andar, mientras la mujer le grita "What are you doing?!, what are you doing?!".

—Let's go back —le dice ya muy fastidiada — Go this way, now!

—¿Por aquí?

—English, we live in America!

Oh my God!, fue el peor postulante que la mujer tuvo esa mañana. Cuando regresan al Departamento de Vehículos, Carlos ni siquiera tiene fuerzas suficientes para levantarse del asiento. Se quedó ahí, mirando la calle, mientras la mujer escribe apresuradamente algo en la papeleta, balbuceando cosas que agradeció no entender y luego se la tira sobre el asiento dejando como despedida un fuerte portazo.

—Qué le hiciste a la señora, burro —le grita Deyanira muy asustada al ver como la mujer caminaba hacia el Departamento de Vehículos diciendo maldiciones. —¡Ya lo sabía! Siempre lo echas todo a perder, eres un inútil. Ahora mismo llamo para pedir otra cita.

—No, no lo hagas —le responde con una voz tan frágil que Deyanira entiende que es suficiente por hoy. Se van juntos. En silencio. Humillado. Carlos conduce hasta la estación más cercana, en Jackson Heigths, donde Deyanira toma el tren de la línea siete con dirección a Manhattan y él continua hasta LaGuardia para devolver el carro.

Luego de tres semanas llega una carta del Departamento de Vehículos. Carlos la guarda en el velador para que Deyanira no la vea. Después de las telenovelas nocturnas, Carlos abre el sobre para saber si le han dado otra fecha para rendir el examen o algo parecido, pero se sorprende al ver una licencia, un pequeño documento, su propio carné de conducir. No supo como reaccionar ante la impresión de ver su nombre, le pareció hermosa y esas palabras eminentes cuyos significados buscó en el diccionario. No le dice nada a su mujer, se sienta de golpe en el sofá, frente al televisor, pero no lo enciende, solo mira el reflejo de ese rostro tan diferente, un rostro lleno de futuro.

El invierno en New York ha terminado. La nieve ha desaparecido. Queens amanece con esas imágenes de rostros y acentos que merodean lo desconocido. Grupos de latinos, asiáticos, africanos, árabes que cruzan el incierto derrotero de sus sueños entre calles desteñidas, colmadas de letreros y baratijas que cuelgan con sus aromas y misterios. Un Queens que es un pedazo de New York y del mundo entero a la vez.

– Hey, burro, ¿cómo sigue todo con Deyanira? —pregunta Pedro mientras mira de reojo a una chica de minifalda que hace señas a un taxi.

—Bien, creo. —Carlos le da unos apresurados mordiscos a su bacon eggs and cheese bagel, mientras mira con indiferencia hacia Roosevelt Avenue.

—¿Cómo es eso? —la chica se sube al taxi y Pedro se voltea para ver esas hermosas piernas—, desde que se separaron como que no quieres hablar. Bueno, que te vaya bien y recuerda, es solo cosa de actitud. ¿okey? A las cinco debes devolverlo.

Un tren pasa con destino a Flushing Main. Ambos quedan en silencio esperando que se aleje el molesto ruido metálico que parecía desmantelar toda la vía elevada del metro. Pero el rostro de una adolescente que viaja en uno de los carros desvía la atención de Carlos. Era una sonrisa cálida y soñadora, como de su María, y sonrió de alguna forma junto a ella. De esas formas que quedan guardadas en algún lugar del alma para siempre. «Estoy bien.., si, estoy bien, no te preocupes», lo repitió muy bajo como ocultándose tras el ruido de los carros que aún dominaba el aire de Roosevelt Avenue. Deja ocho dólares sobre la mesa del carro de comida y camina hacia su vehículo en la esquina de Elmhurts, donde programa el *GPS* con dirección a un hospital de Allentown, mientras el sonido de un avión que acaba de despegar del aeropuerto LaGuardia dibuja un extraño hilo de vapor que poco a poco se fue desvaneciendo sobre los inmensos cielos de New York.

Manhattan, 05 de enero de 2020

***

Esteban Escalona de Talcahuano, Chile, 1975, en cuyos mares nació el mito de Moby Dick. En el año 2011 publiqué mi primer libro *Ciudad Capital*, premiado por el Ministerio de Educación al considerarlo "un libro con personajes muy humamos y de sencillez maravillosa". El afamado escritor y crítico literario chileno Camilo Marks señaló que "Escalona parece conocer bien este difícil arte prosístico". Trabajé para el Gobierno investigando fraudes fiscales y como part-time en el Ministerio de las Artes y las Culturas y en diferentes colectivos culturales de la capital. Ahora vivo en New York donde trabajo escribiendo mis crónicas de la ciudad y mi próximo libro de cuentos. Mi trabajo ha sido publicado en la revista *Viceversa-Magazine,* en la *Revista Enclave* de CUNY y en la antología *Staten Island my story (2020)*

Inmaculados

Carolina Chaves O'Flynn

Roberto se apresuró a despedir al servicio mientras Laura bañaba escrupulosamente a los niños. Todo era susceptible de tornarse en caldo de cultivo para los gérmenes que consentían el contagio. Se hicieron de todo tipo de mascarillas, guantes y pañuelos desechables para el camino y evitaron toda forma de contacto humano que no fuera indispensable para su registro en la aeronave que los trasladaría hasta Isla Nueva. No había un lugar más seguro para escapar de la epidemia y las restricciones eran tantas que solo pocas personas conseguían un cupo meritorio para la huida. Trabajar para una organización humanitaria tan importante como la suya representaba, claro está, una ventaja considerable, pero, a su parecer, ese aspecto solo robustecía aún más sus opciones de entrada en el santuario. Él, a fin de cuentas, era un brillante economista, y ella una reconocida estadista en políticas de bienestar para regiones en vías de desarrollo. Ambos resultaban indispensables para la recreación de un nuevo planeta, bastante más amable que el que ellos dominaban en indicadores de atrasos y pobreza a nivel global.

Varios de sus amigos, ya alojados en las facilidades de los balnearios, aseguraban que las habitaciones eran tan limpias como quirófanos, pues cada cierta hora se esterilizaban con precisión todas las superficies disponibles y las personas se bañaban en vapor desinfectante cada vez que entraban y salían de sus moradas. Esa inminente necesidad higiénica posibilitó que los más diligentes trabajadores de limpieza garantizaran su admisión a los refugios en un programa de Acogimiento Humanitario. De cualquier modo, habría que reafirmar los rituales de limpieza que Laura y Roberto llevaban ya de forma natural y evitar, a toda costa, que sus hijos se mezclaran con los niños de aquella misión caritativa. No por nada, el virus se había propagado con más velocidad entre las clases damnificadas y sus distritos sobrepoblados habían sido el nido ineludible de la pestilencia. Llevarían eso sí, las fotos en las que posaban junto a ellos. Serían importantes para recordar cómo fue aquel mundo hostil que se esfumaba ante sus ojos y el papel altruista que

Roberto y su familia habían jugado en él. Eso garantizaría unas instalaciones más apacibles para su bien orientada familia.

Mientras rebasaban la inspección de la aduana, en lo alto de la estación de purificación, Laura comentó, no sin algo de culpa en su expresión, cómo una cierta repugnancia se había apoderado de ella tras ver las pocilgas devastadas de los incurables y las muchedumbres desposeídas arrojadas a las calles suplicando llenar un lugar más a los funcionarios de la aerolínea. Las normas eran claras e implacables. Nadie que hubiera estado en contacto con el virus podría pisar el retiro y todo aquel que hubiera respirado el mismo aire que un convaleciente sería también desahuciado. Ante el menor atisbo de los síntomas, la ley se haría efectiva de inmediato.

Una vez adentro, en la inmaculada silletería reclinable de su sección suspiraron casi al unísono ante el despegue decidido del aeroplano. Laura cerró sus ojos en señal de recogimiento y con voz de preocupación por quienes quedaban en tierra, preconizó gravemente: -Dios los bendice-

En un rincón del avión y con ineficaz disimulo una tímida tos infantil desató las alarmas. Entre luces y sonidos de sirenas, Laura y Roberto se miraron despavoridos.

***

Carolina Chavez O'Flynn. Doctora en Lingüística Hispánica (2017) del Graduate Center de la City University of New York (CUNY) y profesora asistente en Queensborough Community College (CUNY). Literata (2005) de la Universidad de los Andes (Colombia) y Magister (2010) en Literatura española y latinoamericana de City College of New York (CUNY). Ha publicado cuentos cortos en *Narradores Colombianos en Nueva York, La esquina rota* y producido poemas para las antologías de *The Americas Poetry Festival of New York* 2018 y 2019.

Deliverando grocerías

Carlos Aguasaco

I

Yes, he has a job deliverando grocerías en Jackson Heights. Yo estoy segura que you have seem him con his helmet and his bicycle pedalea y pedalea por la Roosevelt Avenue y la Eighty Second street. They say que él es the fastest delivery guy in the whole wide world. But eso na má es for publicity. Yes, él es rapidísimo like *Flash* or *Sonic* pero in bicycle. Trust me, él es tan quick deliverando grocerías que the store pays him 10 dollars an hour plus tips y garantiza al customer que si las grocerías no se deliveran in thirty minutes or less, la cuenta les sale free of charge. But ellos nos les dicen que si the devilery guy no llega a tiempo he has to pay por las grocerias con his own salary. You know, like ellos se lo descuentan at the end of the week antes de pagarle in cash porque él todavía no tiene his documents. You know like his papers; la green card y el pelmiso de trabajo pa' que mandamos la application.

II

Nos conocimos by accident, I was running late para cogé la ficha de entrar a Flamingos y él iba a toda velocidá por la Roosevelt cargando like ten fundas repletas de grocerías y hasta even beer in his bicycle para hacer un delivery en Corona. Como yo venía del Subway que para en la Eighty Second Street, corre y corre con los tacos altos y el costume de nursa para bailar esa noche. Sí, ese día era de nursa que the dancers estábamos vestidas. So, yo venía corre que corre y él in his bicycle pedalea y pedalea y nos chocamos en la esquina de la Eigthy Fourth street. Pero it was his fault because él venía por el sidewalk disque to make up time y llegá más rápido con el delivery a Corona. Yo me caí pa' atrás y él almost lost the balance pero no se cayó. —Dios mío la mataron a la nursa— gritó una señora y yo desde el suelo toda revolcada, —tranquila señora que yo estoy bien— y ella siguía y siguía con eso —Ayy Dios mío la mataron a la nursa, pobrecita la nursa, ayyyy Dios mío, Dios mío, policía, policía—. Entonces I just got up and walked away pa' llegá a Flamingos. ¿Él? By that time he probably was already deliverando las grocerías. Y la vieja esa, que parecía loca siguía y siguía gritando —Somebody call nine one one, Dios mío que la mataron a la nursa—. Yo le grité, desde frente a la store esa Payless, —señora yo no soy nursa yo trabajo en Flamingos—. But that fue even peor porque she changed her attitude y comenzó a gritarme a mí por toda la calle —Maldita mujer, pecadora, te vas a quemar en los infiernos por venderte como una magdalena y hacerte pasar por nursa—. Anyway, I got la ficha pa' trabajar esa noche y por un rato me olvidé del incident.

III

No mana, cuando lo vi in Flamingos esa noche smiling like nothing had happened, I lost my temper y fui pa' su table y le dije —Chico dónde dejaste the bicycle con que you almost killed me this afternoon?— And he was like *What?* Como si no entendiera nada de lo que yo dicía. Ahí fue cuando I slapped him in the face con toda la fuerza que yo tenía. En ese mismito momento, the music stopped y everybody got silent. El DJ fresco ese played my favorite song de Polo Montañez, sí, esa, la que talks about a millón stars que yo le dediqué a Mark el día que he dumped me. So, he got dos pesos out of his pocket y me dijo con esa vocecita tielna que pone cuando he is afraid —¿Bailamos?— I yo le dije —sure, y agarré los dos pesos y bailamos in silent like a real couple for almost two minutes.

IV.

Nada, nothing happened, él se portó como un gentleman. Nomás noté después de bailar three or four songs that él no hablaba nada de English y me pareció tan cute que yo creo que ahí mismito I fell for him. Esa noche yo bailé con like four of five other guys que eran my regular customers. Mientras yo salía a bailar con the others, él pedía una coronita en la barra y se quedaba looking at me like a child craving for a toy que no puede complal. Ya late that night se me acercó con eight quarters para pagalme por bailar esa canción de la Sonora Ponceña que dice "ra, ra, ra ra ra, ra ra ra, de qué callada manera se me adentra usted sonliendo". Y I was already medio drunk y lo agarré por la cintura to dance close, really close while le cantaba "ra, ra, ra ra ra, ra ra ra" en la orejita derecha donde he has a diamond earing.

V.

No, no, no. Yo no me fui con él esa noche para his basement appartment because he paid me. Esos cuartos que me dio esa noche were to help me paying my rent not in exchange for sex. I am no prostitute but a dance artist!

VI.

No, no, no. We did not move in together right way porque todavía yo necesitaba to know him better antes de tomar the big decision. I continued trabajando como bailarina free lance en Flamingos y he came to see me there cada otra noche muy juicioso con billetes de dollar para pagar por the dancing, darme tips y tomar cervecita Coronita.

VII.

No, no, no. Yo siempre mantuve my profesionalism y por eso continué atendiendo otros clientes while I was already seeing him. Pero es que así es el trabajo en Flamingos, una se vuelve bailarina popular porque como casi todos los latinos son ass-men y les gustan las chicas como yo, americanas pero hispanas, you know, gringas pero no gringas.

VIII.

Yes, I have been married four times before pero es que cada día es más difícil encontrar the true love of your life en esta ciudad tan fría y expensive. Lo bueno es que todos mis exhusbands received their green cards y hay uno que hasta ya es american citizen. Four marriages is not too many and besides, quién coño se clee usted pa' venir a juzgal lo que siente my little lonely hearth.

IX.

Yes, she is my mom and yes she got married seventeen times.

X.

Yes, some of her husbands no hablaban nada de English and not even Spanish. She used to say that el amor no conoce fronteras y que they spoke to each other through actions. Además, she believes in love at first sight y como siempre se la pasaba mire que mire dónde nadie la llamaba pues she got married seventeen times and yes, most of her husbands got their Greend Cards and even became citizents. Había uno que luego se puso a correr disque para councilman pero descubrieron que when he was married to my mom, he had another family and mistress in a Caribbean Island.

XI.

No, my mom did not meet him. She had already passed. La pobrecita lo habría querido hasta más que a myself.

XII.

Yes, I pay my taxes and I declare all the tips que me dan en Flamingos, pero the other dancers I don't know porque many of them tienen no papeles y no pueden llenar their Income Tax Return.

XIII.

Yes, I continue working there 'cause él sabe que así me conoció y que I love my career as a dancer. Yo no voy a cambiar my profession por un husband que hoy viene en bicycle y mañana se va. Fíjate en my mom que her husbands tantas veces la abandonaron tan pronto recibían their Green Cards. Hubo uno, el tal Reynaldo Cabán ese, al que ella le escondió the mail like por 6 months para retenerlo by her side. Yo me recuerdo bien que un día que he was hitting her because of no reason yo me manejé crazy y fui a buscar the letter with his Green Card that my mom estaba hiding y se la tiré por la cara pa' que se fuera y así fue. Cuando vio la Green Card con his picture en la carpeta del apartment he took it and ran outside como en uno de esos commercials en que alguien se gana la Lotto y lo muestran celebrando.

XIV.

Yo a él sí lo quiero de verdá, no como a los otros four que seduced me with second intentions. In fact, you're not gonna believe it but fui yo la que proposed to him. Un día que nos tocó bailar vestidas de nursa, I told the DJ fresco ese que pusiera la misma canción de Polo Montañez y ahí fue, en la pura mitá del dance floor en Flamingos que I kneeled and told him —Would you marry me babe?

XV.

He did not get it at first y comenzó a bailar como si fuera una cumbia around me with a handkerchief in his hand. Entonces el DJ fresco ese se acercó y le dijo —Yo, she wants to marry you, man! You know, tie the knot. But cause he habla almost no English se asustó y comenzó a sacal y sacal billetes de a un peso del bolsillo y dármelos a mí y al DJ fresco ese que was cracking up riéndose like crazy.

XVI.

Again, officer, you asked me la misma question like twenty

minutes ago. Yes, he has a job deliverando grocerías en Jackson Heights! And I don't care si usted nos pone in jail porque I love him and siempre lo voy a querel como dice la canción que él me canta desde el bathroom cuando he is shaving in the mornigs. Yo estoy segura que you have seem him con his helmet and his bicycle pedalea y pedalea por la Roosevelt Avenue y la Eighty Second street. They say que él es the fastest delivery guy in the whole wide world. But eso na má es for publicity.

***

Carlos Aguasaco [Bogotá, 1975] es profesor titular de estudios culturales latinoamericanos y subdirector del Departamento de Estudios Interdisciplinarios de City College of the City University of New York. Ha editado once antologías literarias y publicado siete libros de poemas, el más reciente es *The New York City Subway Poems* (2020). También ha publicado una novela corta y un estudio académico del principal superhéroe latinoamericano El Chapulín Colorado: ¡No contaban con mi astucia! México: parodia, nación y sujeto en la serie de El Chapulín Colorado (2014). Es el editor de *Transatlantic Gazes: Studies on the Historical Links between Spain and North America* (2018); director de The Americas Poetry Festival of New York (poetryny.com) y coordinador de The Americas Film Festival of New York (taffny.com).

La Rematriación de Sana Rabia

Jacqueline Herranz Brooks

Mi madre me ha convertido en una repatriada. Hacia ella parto bajo el peso de la culpa. Llevo una ducha de bañarse al aire libre, para que mi madre la meta en un cubo plástico, que una amiga con dinero me dijo que lo puedo conseguir en cualquier parte. Ella, que consigue de todo, me insiste en que los había y yo me compro uno en cuanto llego y se lo dejo a mi madre en medio de la ducha, así no tiene que darle a la cintura hacia arriba y hacia abajo, metiendo un jarrito en el agua tibia. Mi madre rápida, antes de que yo llegue con la ducha de bañarse al aire libre, a realizar este primer paso del proceso, agarra el caldero calentándose en la cocina y lo carga hasta el baño. Luego me escribe una carta que sella con un sticker de Dora la exploradora, comprado en CUC, en una tienda con vidriera opaca, llena de chinerías polvorientas, a unas dos cuadras de donde vive, hace dos meses, reclusa.

Mi madre no es sedentaria. Ahora simplemente no puede bajar, subir, bregar, resolver, sentarse, levantarse por la noche y alcanzar la taza, pero ya lo tiene todo listo. Enumera las planillas. Menciona la propiedad. Sólo faltan las firmas. Me ofrece. Me envía la carta donde me explica la sencillez y el beneficio del trámite. La recibo. Miro el sticker con el que la sella. Trato de encontrar la semejanza entre la sonrisa de la niña exploradora, con su mochila a cuestas en su migrancia, y la mueca nerviosa en mi cara tensa de hija que va a repatriarse, vía materna, por los canales legales del mismo sistema, que me negó una extensión de visa y por ende el regreso al país, en 1999. Aun el antes se me presenta en la forma de un trauma. Allá es todavía, para la que va a repatriarse, el lugar obsesivamente arrancado de su propio cuerpo, conformado de manera tan radical, que es una creación rehecha a su propia imagen y nerviosa semejanza. No hay pasaje, horizonte, caminito que el tiempo ha dejado borrar, que no desmochara ya, al destajo yo, la que va a repatriarse, para seguir siendo, con la clariosa mente de quien sabe llegaría este momento. El momento en el que mi madre me ofrece lo que tiene y que en algún lugar de nuestra historia fuera un territorio disputado.

Doblo la carta por sus mismos pliegues y le respondo que sí, mami. Sí, claro, no te preocupes. Voy a preparar el viaje. Cuelgo la carísima llamada y se me resbala el teléfono de las manos pues me sudan a cántaros. Se astilla la pantalla donde casi ahora no puedo distinguir la cara de mi mujer en la foto, sonriéndome en plena avenida de la Queens boulevard. Activo el botón de llamadas para ver si el teléfono aún funciona. Mi amor, le digo a la voz de mi mujer que sale de la pantalla astillada, mi madre quiere que me repatrie. Cómo, me pregunta mi mujer. Vía los canales del sistema, le digo. Que te transformes ahora, y eso es legal, sigue diciéndome. Yo me pregunto si mediante el proceso, mi madre ayuda a otorgarme una nueva categoría de inclusión o de margen. Si fuera inclusiva, ¿irá a garantizarme una voz y un estilo? Se me presenta lo real como una construcción frágil del antes y como una estructura desmantelable, que a nadie le interesa deconstruir ya. Puedo convertirme no en el objeto, que se regresa como artefacto cuya autenticidad se garantiza en su reconexión con las terrenas raíces de donde lo hicieron partir, sino en la sujeto, a la que se le regresan derechos que nunca tuvo.

Tengo dos semanas de fiebre intermitente por las tardes, dolores de estómago, náuseas, sudores fríos por las noches y falta de concentración desde que comencé a preparar el viaje. A diferencia de años anteriores, con casi siempre los mismos síntomas, esta vez regreso a repatriarme. No sé qué significa la repatriación e imagino que este proceso incluye la pérdida de la voz del sujeto repatriado, pues el proceso se hace dentro de las mismas estructuras quebradas, de difícil acceso y navegación, que antes no nos clasificó en sus archivos y que ahora nos digitaliza en forma de datos. Imagino que la voz de la que regresa tendrá que ir a hacerse eco, sola, dentro de una ruina; tendrá que apuntalar una columna, serpentear en un terreno de escombros, por donde pasa la gente sin detenerse, a menudo, a deshacerse de sus desperdicios, en un solar de nadie. Si la función de un objeto repatriado es la de ser estando en su lugar de origen, la repatriada, para sentirme más activa en el proceso, podrá reclamar su espacio interviniéndolo con un poema. Con dos poemas. Dos poemas de conciencia agrandados en un pdf en la pantalla de la computadora. Dos poemas agrandados e impresos en papel reciclado. En letras rojas todas mayúsculas.

Mi amiga Tamara reconoce mi angustia: mija, bájate ya, pon los pies en la tierra, qué poema ni poema, qué tipografía, qué color rojo, qué símbolo de qué, tranquilízate, ponte para esto y olvídate del trauma ya. Sácale lo que puedas al proceso. Mándale a tu mamá el contenedor, que mucha falta que le hace. Cómprate una casa, repárala y véndela. O alquílala. Mira que tú no tienes nada.

Tamara me sugiere que siga sus pasos estancados. Los canales que la repatriaron a ella, congelan ahora los permisos para alquilar su apartamento, que será en algún momento su fuente de retiro. Y además, me dice, que se te devuelvan los derechos, aunque nunca los tuvieras. Acuérdate que esto no es ni de ti ni sobre ti, todavía me dice. Siempre habrá en el mundo un evento de mayor impacto o de fuerza mayor que la de tu eventualidad.

Soy nadie. Tengo una small personal voice. Su registro es irregular y ha sido marginado. Ahora es posible que entre solo en la categoría de repatriada. Los lugares donde, itinerante, circulé el tiempo que anduve sin casa en La Habana, ya no son funcionales. No hay estructura que contenga esta voz. No hay archivos donde expurgar la realidad del trauma. O no hay trauma suficiente de inenarrables genocidios brutales y por eso no puede haber estudio coherente de este caso sin archivo. Tamara coincide con mi madre. Ambas me dicen que a veces para seguir adelante, hay que regresar. Pero adónde. Pero a cuál. No importa, dice mi madre, a tu lugar. Un lugar, sigue diciendo, le pertenece a quien lo reclame con mayor fuerza.

Entre el 1990 y bien entrado el 1991, sin cámara ni rollos, por el quiebre de la Orwo, me paro en el medio del parque con las chiquillas de la escuela, a quienes enseño fotografía sin tener los materiales. Con los brazos extendidos torcemos los dedos hasta hacer el rectángulo de un visor. En el visor, encuadramos la foto. Entonces describimos lo que dejamos dentro y lo que dejamos fuera. Resulta difícil convencernos, como grupo, sobre el porqué dejaremos el banco dentro del encuadre, o por qué se queda fuera, la cabeza de la palma real, su penacho. Porque se mueve demasiado con el viento y va a quedar todo el tiempo fuera de foco, dice alguien. Tomábamos notas de estas imposibilidades, mientras llegaba el material para la práctica. A la siguiente semana regresábamos, a ver si acaso el cambio de la luz o del viento nos seguía mostrando los límites de aquello que quisimos y no pudimos retratar antes. Hasta el año de la repatriación, 2017, no hay archivos donde expurgar el «caso» de mi itinerancia en la calle habanera de los noventa, ni de la operación o el plan de acción y castigo bajo el cual «cayó en desgracia» mi padre, en los setenta. Durante su vida y antes de su muerte, en 2006, yo había andado con una cámara vacía, metida dentro de un bolso, y usaba el diploma de la escuela de fotografía de donde me acababa de graduar, para escribir en la parte de atrás unas oraciones que, por necesidad e incapacidad de hacer otra cosa, se volvieron poemas. No tengo fotografías de los años en los que anduve acomodándome debajo de la cabeza el bolso de cuero, donde protegía la cámara sin rollo, para dormir en un banco. Cuando sustituí la cámara por la libreta de notas, lo hacía convencida de que las imágenes eran un sistema descriptivo inadecuado. Esos son los años en los que no puedo seguir siendo lo que soy en casa de mi madre, esos son los años del territorio disputado.

Aprovechando la capacidad performática de la escritura y mediante la creación de la persona de Sana Rabia, uso los canales de la repatriación para llevar a cabo el proyecto de Rematriación. Sana Rabia es la persona de una poeta y fotógrafa callejera, quien ha desarrollado una pasión por la combinación de imagen y texto. Sus palabras tienen tanto valor como las fotografías con las que las documenta. El motor de sus proyectos es un evento personal. En este caso, el proceso de repatriación, al cual Sana Rabia se acoge, a petición de su madre. La incomodidad de Sana Rabia proviene de comprender que está colaborando con el proceso al cual se opone. Contra la patriarquía del paternalismo patriótico de la patria patriarcado, Sana Rabia, repatriada vía su madre, considera este proceso de volver a ser en un lugar reclamado como suyo, una rematriación. Su Rematriación no puede resultar en reconectar con el cuerpo de inspectores de los ministerios, pues Sana Rabia ha sido, para el sistema, una sujeto de margen que ha circulado de manera alternativa. Como rematriada, Sana Rabia teme caer ahora en una categoría aún no prevista, sin embargo legislada ya, de los falsos artistas generadores de una seudocultura de antivalores. «Seudocultura» y «falsos artistas» son juicios de valor que asoman en algunos artículos que leo, donde se equipara lo real con su ficción teórica.

Desde Nueva York y mientras preparo el segundo viaje, comienzo a trabajar en el diseño de los textos y en la selección del tipo de letra y el color. Los poemas que quiero rematriar bajo la autoría e intervención urbana de Sana Rabia, deben ser impresos en hojas de papel reciclado, de 24x20 y de 24x23 cada uno. Me los llevo a la Habana impresos y las hojas van dobladas dentro de la maleta que casi no se puede cerrar. Llevo unas cinco impresiones de cada poema. La edición única de «Para confiar debo entregarme» en una impresión de 50x52, viaja conmigo, para en caso de que encuentre, durante los días finales del proceso de repatriación, un busto con el cuál el poema pueda entablar diálogo. Los poemas tienen de título la línea con la que abre cada uno («Para confiar debo entregarme» y «Y en la realidad de aquí, en la realidad de ahora»). Los lugares que selecciono para cada instalación de los poemas tienen un arraigo en mi biografía emocional de la Habana de los años noventa. Una cafetería donde pude esconderme a dormir dos noches, mientras estaba sin casa. Un muro donde aún queda el dibujo de un rotulista anónimo, que calcó a mano los perfiles de Mella, Cienfuegos y Guevara. Cada cabeza coincidiendo con las palabras: estudio, trabajo, fusil. Una puerta que resguarda la ruina de un vecino. La fachada todavía en pie del cine Neptuno. El estanquillo de periódicos obsoleto, donde trabajó mi padre hasta que perdió la cordura. Un muro limpio, detrás de un busto de Martí.

Entre enero 2017 y mayo 2018, voy en dos ocasiones a La Habana a ver a mi madre y a comenzar y finalizar el proceso de repatriación. Preparo ambos viajes bajo los mismos síntomas y la misma falta de foco. El primero, son diez días con mami. Durante esa primera serie de trámites, anoto que para la repatriada tanto los objetos como los lugares son núcleos de valor. Anoto que de regresar, la rematriada (vía una voz que interviene espacios urbanos con poesía callejera) genera persona y espacio para su voz, mediante la acción de intervenir y reclamar lugares de nadie. Durante el primer viaje, duermo en la colchoneta roja donde amanezco maltrecha a interrumpir la rutina de mi madre. Vamos quemando petróleo desde temprano en un almendrón y hacemos la penúltima parada del trámite, en la pollería de Marianao.

Para el segundo viaje puedo entrar a La Habana sin que la policía de aduana me cuestione de dónde vengo y por qué ahora. O adónde me voy a quedar y qué vengo a hacer. Tampoco me prohíben esta vez hacer vídeos, entrevistas, tomar fotos. Vengo para recoger las autorizaciones de mi regreso, le digo a la teniente sin apellido de la aduana. Me deja ir. Hago los trámites finales. Me tomo la foto. Firmo en la esquina de un papel. Para que me entreguen el carnet de identidad, debo esperar una semana. Estos son diez días en los que veo a mami, que ya puede volver a moverse y cargar su cubo calentándose en la cocina hasta el baño, pero no me quedo a dormir en la colchoneta en medio de su sala. Ingenuamente pensé que se me facilitaría más ayudarla económicamente, pero no ha sido así. Aún después de casi terminado el proceso, todo sigue más o menos igual. Nosotras ya disputamos ese territorio que es un casa, en algún momento tendré derecho sobre él. Por ahora, me quedo en el apartamento de Tamara en el Vedado. Como no lo puede alquilar, los permisos de cuentapropismo están congelados, me quedo sin tener que pagar. Aquí pueden venirme a visitar dos amigos que me ayudarán con los poemas. Nos levantamos temprano. Metemos en la mochila el pomo con goma muy diluida en agua, el rodillo, la brocha pequeña, el cargador de la batería de la cámara, el cargador del teléfono y un rollo que he hecho de cinco o seis poemas para postear en lugares de nadie. Una Canon analógica con un lente de 50 milímetros y unos negativos Fuji films de 200.

Los dos últimos días del proceso de repatriación durante la segunda visita, mi amiga de tantos años, Caridad, es la que más me ayuda. Es la primera vez que hace videos tan cortos, con un teléfono, en la calle. No tengo que darle instrucciones. Busca sola los mejores encuadres donde no salga mi cara, cruza la calle, se acerca y sale corriendo detrás de mí cuando vemos venir despacio a la policía. En la esquina nos separamos. Por suerte ya teníamos casi todo dentro de la mochila menos la cámara. Tuve tiempo de tomar varias fotos después de pegar una copia del poema «Para confiar debo entregarme», en la fachada de lo que antes era el cine Neptuno, donde trabajé cuando vivía en La Habana. El vecino de enfrente comenzó por preguntar seguido, desde su balcón, qué decía aquello. El texto dice: *Para confiar debo entregarme. Si me entrego, no hay lucha. Si no lucho es porque me rindo. Si me rindo, me pueden patear. Si me patean, es porque los dejo. Porque confío*. El vecino desde el balcón grita: Oye, qué está escrito ahí. Cuando le dije que tratara de leerlo y que me dijera él mismo, preguntó nuevamente qué quería decir. Tan sin respuestas se sentía que decidió llamar la policía para que le aclarara la duda. Pasaron unos seis minutos y la patrulla pasó peinando la cuadra. Corrimos sin parar, a pleno sol, hasta el malecón.

No hay maltrato a la propiedad con algo tan efímero y biodegradable, me dice Caridad con falta de aire, pero esto, señala el sudor de su frente, su cuello, esto es daño contra el cuerpo, la propiedad es–ta–tal, mi amiga. Uf, es muy físico, no tengo edad ya para esto. Me duele todo y mira lo prieta que nos hemos puesto por estar en la pegadera debajo de este sol. Nos reímos ahora más, sentadas delante de una caja de cigarros y dos cervezas Bucanero. Caridad agarra un tenedor que está en la mesa, aunque no venden nada de comer, y se lo pone delante de la boca como si fuera un micrófono: dígame entonces, Sana Rabia, ¿de qué trata este proyecto y cómo se llama? Me pongo seria y contesto: Poesía Rematriada y consiste de un cuestionamiento del espacio donde pertenezco y en una intervención del mismo.

Siempre he usado la fotografía para documentar lugares

públicos donde ocurren eventos personales. Pero mis palabras importan tanto como las imágenes que creo cuando tomo las fotos de lo que he escrito o pegado en la calle. La naturaleza performática de la escritura, me permite que estos proyectos sean de intervención urbana. Cuando escribo y llevo el poema a la calle, cuestiono las convenciones del dónde debe hacerse la escritura y dónde debe confrontarse. Mis fotografías elevan mi escritura de su efímera existencia en la calle y me permiten, además, revisitar mis acciones mucho después de que los poemas callejeros ya ni existan. Pegar mi poesía en los espacios públicos relevantes para mi pasado, es darle voz a mi subjetividad y es una invitación al intercambio.

En el aeropuerto José Martí ya a la salida, escucho unas sandalias sueltas que me siguen como una sombra y escucho una voz que me grita encima de la mochila: ¡Señora! ¿Qué usted lleva en ese tubito? Unos dibujos míos, le contesto con energía, y unos poemas, digo más bajito. Es que en este país todo lo que salga debe sellarse, me dice. Venga para acá conmigo, señora, a ver, yo le explico. Usted ve, esto no debe salir así nada más, hay que tener un record. Yo soy la especialista de arte del ministerio de cultura, me dice mientras empieza a desenrollar los dibujos y los poemas. La situación me pone nerviosa y me da risa. Y usted por qué se ríe, me pregunta. A ver, tiene uno, dos, cinco. Cuenta lo que tengo en el rollo, mira el mal papel donde quedan dos poemas impresos para los que no encontré ubicación y me dice, estos no los voy a contar porque esto no es arte. Mira unos dibujos de cuando aún vivía con mi madre y comenta: ay, qué lindos. Mire, tiene cinco. No, son cuatro, la corrijo, fíjese que este de acá es solamente un papel viejo y manchado para protegerlos. Aquí tiene el comprobante, me dice la especialista de cultura del aeropuerto. Me mira el gesto de pena que le hago con la mueca de mi cara y me dice: a ver, usted es cubana, verdad, usted sabe que esto no es mío. No hago comentarios. Pago y sigo. Adelanto por un pasillo. Me siento en el café del aeropuerto dándole el frente a la puerta de salida del vuelo a Nueva York. Hay un anuncio de la cerveza Cristal bajo el eslogan: la preferida de Cuba. Abro mi libreta y anoto: estados del ser. Autora callejera. Una disputa de antaño por un territorio. Trabajar en la consistencia de los hechos inventados del evento real. Cuestionar el lugar de la escritura. Propongo pensar a qué lugar se regresa, intervenirlo, reclamarlo, hacerlo mío… con poesía callejera.

***

Jacqueline Herranz Brooks es una artista multidisciplinaria nacida en La Habana y radicada en Nueva York. Es autora de la colección de poesía *Liquid Days* (TribalSong, 1997), la colección de relatos *Escenas para Turistas* (Editorial Campana, 2003), la novela *Mujeres sin trama* (Editorial Campana, 2011), del libro-instalación *Viaje en Almendrón* (A/C Galería Miller-JCAL, 2015) y del foto-libro *I Want You* (Installation book JCAL 2020). Su narrativa es autoficcional y explora los procesos de ficcionalización de eventos reales y la construcción de identidades autoriales. Jacqueline es además creadora de varios proyectos de intervención urbana relacionados con la poesía callejera, los cuales ella documenta con su fotografía. Entre estos proyectos visuales se encuentran: «Lyrics of the Streets» (NYC: 2014-2015), «Poesía Basura/Trash Poetry» (NYC: 2015-2016) y «Contested Territory: Poesía Rematriada» (La Habana: 2018-2020). Jacqueline enseña español como profesora adjunta en CUNY y tiene un doctorado del programa Latin American, Iberian and Latino Cultures del Graduate Center, CUNY.

Para confiar debo entregarme… Estudio. Trabajo. Fusil.

El flautista de Hamelín

Marithelma Costa

mal es mucho fablar,
mas peor es ser mudo

a Pedro Yánez, por la amistad

Me habéis sacado de mis ocupaciones para que os explique cómo, cuándo y por qué los roedores se apoderaron del reino de Hamelín. No estoy seguro de que estéis preparados para escuchar mi humilde versión de los hechos; pero os aseguro que aunque no lo parezca, lo que os voy a contar es verídico.

Según las tablas de Alhacén, por una insólita conjunción de Plutón, Júpiter y Saturno, de la noche a la mañana las ratas y los ratones comenzaron a manejar la gramática, la retórica y la ortografía. Fui uno de los primeros en darse cuenta del prodigio. Una mañana improvisé con mi flauta un minueto que debía llevar a los jarrieros de monte a un estado hipnótico. Después de establecer su línea melódica en mi recámara, me dispuse a ensayarla optimista junto al río. Estaba convencido de que, tras escuchar los primeros acordes, los roedores acudirían en masa. Pero, aunque toqué varias veces el tema y hasta introduje algunas variaciones, cuando miré a mi alrededor no vi ni uno. En aquel paraje solitario donde debía funcionar mi sortilegio, sólo se escuchaban las ráfagas del viento, el río que se precipitaba en picada y un lejano cuchichear de voces.

Agucé el oído, me acerqué a la gran pared de piedra donde se inicia el Cañón de San Patricio y cuál no fue mi sorpresa al descubrir que el murmullo provenía del sistema de cuevas que sirven de morada a los Tenaya, la familia de ratones descrita por Abraham Hebreus en su *Tratado de las fiebres*. Como evidentemente me era imposible meterme por las hendiduras de las rocas, me senté en el suelo, apoyé la espalda contra una piedra e intenté descifrar los crípticos chillidos. No fue fácil concentrarme; pero al rato comprendí que se trataba de las voces de las ratitas que repetían a coro: la eme con la a, ma; la eme con la e, me; la eme con la i, mi.

Llamé a Felipa mi mujer, quien solía acompañarme en mis faenas, y también pudo discernir entre el agua, el viento y los reclamos de las cornejas que volaban sobre el acantilado, la rítmica clase de lectura: la eme con la o, mo; la eme con la u, mu.... Sin decir una palabra, nos percatamos que llegaba a su fin la racha de buena fortuna que hasta entonces nos acompañaba.

A los pocos días partimos, pues mi cuñado me pidió que lo liberara de las ratas que desde hacía seis meses se multiplicaban en las ruedas de su aceña. Según me contó mientras me colocaba en la mano un puñado de monedas, no había grano que entrase en la piedra que no saliera plagado de cagaditas negras. Ya nadie quería contratarle sus servicios: ni siquiera sus parientes más cercanos lo visitaban por miedo a contraer una de las múltiples fiebres que estaban asolando la comarca. Y por más que había tratado de convencerlos de que los roedores se pasaban el santo día metidos en sus cuevas, no quisieron hacerle caso. Me abrazó y, entre lágrimas y mocos, dijo que, si aquello no cambiaba, tendría que cerrar el molino.

Como tras lo sucedido con los jarrieros, comencé a sospechar que mi flauta estaba caducando, no le prometí ningún milagro; pero me preparé para cualquier imprevisto. Llegamos temprano, revisé el puente y los canales, y subí a la aceña. Allí inspeccioné minuciosamente la maquinaria. En todas partes constaté las palabras de Antoñito: los ratones se habían eclipsado y sólo se reconocía su paso por las profusas cagaditas negras.

Decidí intentarlo todo a cambio de una ristra de longanizas que mi mujer me señaló en su casa colgando de una viga y Antonio nos ofreció desesperado. Salí entonces a la era, cogí la flauta y comencé a tocar una sonatina. De inmediato me vi rodeado de cigarras, moscas, grillos y mosquitos; pero los ratones brillaban por su ausencia. Pensé que tras comer tanto trigo de primera, aquellos animales se habían refinado, y les toqué un área de opereta. Pero tampoco hubo suerte: no salía ni un alma del edificio.

Antonio y Felipa me miraban incrédulos: temí tener que devolverle el dinero y el embutido. Entré de nuevo en el molino para inspeccionar las madrigueras y atónito me di cuenta de que en cada una de ellas alguien leía en latín *La República* de Platón. Como desde tiempo inmemorial los ratones son partidarios del materialismo histórico, guardé la flauta en el zurrón y agarré *La metafísica* de Aristóteles que pensaba canjearle al cura por varias alcuzas de aceite. Entonces me planté frente al molino, me aclaré la garganta, y con una voz engolada inicié la lectura: *Omnes homines natura scire appetunt*... De inmediato se dieron cuenta del manjar que les ofrecía y salieron por las puertas, las ventanas y el tejado del edificio. Sin dejar de leer, me di media vuelta para constatar que me seguían. Antonio y Felipa nos despidieron con la mano, y yo continué leyendo: *signum autemest sensum delectio,* leyendo y caminando, caminando y leyendo, y llevándome a mis acompañantes a la sierra. Así comenzó la hecatombe.

Pocas semanas después vino a casa el alcalde a pedirme que lo ayudara a deshacerse de la plaga de ratas albinas que había invadido su hacienda. Un vecino lo vio por el camino y nos avisó a tiempo, por lo que pude meterme en el jergón simulando un ataque de fiebre. Mi mujer hizo muy bien su papel acongojado y el alcalde no insistió en. Pensó que era preferible estar rodeado de ratones a introducir en su propia casa una nueva epidemia. Habíamos postergado el desprestigio.

Un mes más tarde fue el secretario del rey quien solicitó mis servicios. Las ratas se habían apoderado del palacio y campaban por su respeto. Si no me despegaba de aquellas sábanas y corría en su ayuda, debía considerarme un hombre muerto. Como los verdugos reales eran aún más famosos que los de la iglesia, me puse mi ropa de domingo, metí en un bulto mis instrumentos de trabajo y, sin hacer ninguna promesa, partí con el mensajero.

Por el camino no me abandonó una idea fija: si ya casi todos los ratones comprendían tanto el latín como el vernáculo, pronto organizarían pequeños seminarios para aprender griego y árabe. Y entonces no habría cómo frenarlos. Me cuidé de no compartir con el enviado real mi presentimiento, pero le comuniqué que para lograr mis propósitos necesitaba acceso libre a todas las salas del palacio.

Tras un viaje sumamente accidentado, llegamos a la ciudad y aunque aceptó que inspeccionara sus recámaras privadas, el rey nunca permitió que lo viera en persona. La verdad es que ni chisté. Se decía que el monarca estaba ingiriendo unas hierbas oriundas del norte de África que impedirían que barones, condes y duques se confederaran para destronarlo.

Comencé mis labores siguiendo el método científico: observación cuidadosa y detenida de los hechos y luego, manos a la obra. Me estudié el palacio de arriba a abajo y no cesé hasta que localicé todas las guaridas, hoy diríamos aposentos, de aquellos visitantes. Era increíble. Los ratones se habían organizado en una perfecta sociedad secreta y dividían sus funciones de forma impecable. De día estudiaban nuestro comportamiento y por la noche se juntaban para leer en voz alta textos de filosofía, épica y astronomía. Muy pronto mi presencia se convirtió para ellos en un mal menor. Aunque aún lo ignoraba, las ratas y los ratones de Hamelín habían decidido que me convertiría en su embajador plenipotenciario ante mis congéneres.

Cuando toda la población manejó los rudimentos de la paleografía, se trasladaron a los pisos superiores para revisar cuanto papel oficial existía. Entonces aprendieron a descifrar tanto las filigranas de los documentos notariales como las abreviaturas de los protocolos.

Sabían que para acabar con nuestra dictadura debían apropiarse de la palabra escrita que, hasta entonces, había sido nuestro dominio; y trabajaban frenéticamente en ello. Las ratas se dedicaban a los grandes legajos, los ratones, a los pequeños documentos. Primero descubrieron el método para falsificar las firmas de los letrados y los canónigos. Según la magna crónica que entonces compusieron y en estos días estoy traduciendo, lo más difícil fue reproducir nuestras rúbricas. Pero como todo se logra con dedicación, tesón y voluntad, muy pronto los más ágiles se especializaron en aquellos alambicados garabatos; y al poco tiempo resultaba imposible discernir el original del facsímil.

Así comenzó la lluvia de edictos, cartas y desafíos que inundó el reino. Los documentos se multiplicaban con la misma velocidad que se multiplicaban los roedores. A los documentos apócrifos seguían amenazas verdaderas y a éstas, insultos que no se sabía de dónde provenían. Llegó el día en que notarios y escribientes se vieron ahogados bajo tantos folios.

La situación se volvió insostenible. Los nobles pusieron pies en polvorosa, la familia real se fue al exilio, y los palacios se quedaron vacíos. Entonces los ratones pudieron trasladarse a los salones y gozar de libertad de movimientos. Desde aquel día se dedican a las más variadas ocupaciones: unos aprenden baile clásico, otros, toman clases de gastronomía y la mayoría sigue vocaciones que, de seguro, vosotros consideráis escandalosas.

Como a pesar de mi antiguo oficio no me guardan ninguna inquina, me pidieron que me quedara entre ellos; pero que, por favor, no los obligue a escuchar mis composiciones. El otro día la ratita que me mantiene en orden los papeles, me confesó que las consideran de un mal gusto imperdonable y que desde que descubrieron la música dodecafónica, se avergüenzan de los efectos que una vez ejercí sobre sus ancestros. Y como en el fondo son unos patronos de las artes, me asignaron esta sala a prueba de sonidos a cambio de que, cuando lleguen forasteros como vosotros, les eche una mano y les sirva de intérprete.

***

Marithelma Costa nace en Puerto Rico, vive desde 1978 en Nueva York y enseña en Hunter College. Es autora de los poemarios *Diario oiraiD* (1997), *De tierra y de agua* (1988) y *De Al'vión* (1987); y de la novela *Era el fin del mundo* (1999). También ha publicado *Las dos caras de la escritura* (1988), *Kaligrafiando* (1990) y *Enrique Laguerre. Una conversación* (2000); y es autora de dos libros sobre literatura española medieval y varias ediciones de obras clásicas puertorriqueñas. Ha participado en diversos encuentros literarios en Latinoamérica; y publicado poemas y cuentos en múltiples revistas. Actualmente termina la novela *Los papeles de Bea* y la colección de relatos *Entre azul y buenas noches*. Este es uno de ellos.

Reencuentro

Luis Antonio Rodríguez (Laro)

Cuando volvió a escuchar aquel sonido, ella estaba casi quedándose dormida. Al principio pensó que era el entresueño, pero luego se percató que todavía estaba despierta cuando su gato maulló asustado y salió corriendo hacia la parte de atrás de la cama. De un brinco se sentó y volvió a oír los pasos y la risa que había escuchado dos días antes. Con sus pequeñas manitas apretaba la sábana sobre su cabeza y aunque quiso gritar el nombre de su mamá, no pudo porque en el fondo no sentía tanto miedo como pensaba. Aquella risa no era tan tenebrosa como ella esperaba que fuera, no era como en las películas ni como en aquella canción de un tal Michael Jackson. De alguna manera era una voz que le sonaba familiar. Se quitó la sábana de sopetón y preguntó:

—¿Quién anda ahí? —no tuvo ninguna respuesta.

Pasó el tiempo y ella ya se había olvidado de aquellos pasos y las risas que se escuchaban a lo lejos. Una noche haciendo tareas de la secundaria, volvió a escuchar pasos en su cuarto. Del sobresalto rompió la punta del lápiz. Inmediatamente miró hacia atrás, pero una vez más no vio nada. Se levantó y buscó por toda la casa.

—¿Muchacha qué buscas? —preguntó su madre.

—Nada, má'... estaba caminando para memorizarme una tarea.

—¿Dónde andas? —ella preguntó en voz baja, pero no tuvo ninguna respuesta.

Aquella tarde, justo cuando llegaba a su casa desde la universidad, miró hacia su cuarto y a través de la cortina pudo ver una silueta parada frente a la ventana. Subió la escalera de la casa rápido, abrió la puerta de su cuarto de un solo tirón y gritó:

—¿Quién está aquí? —otra vez el silencio fue la respuesta.

Pasó el tiempo, de vez en vez volvía a escuchar pasos y risas sin ver quién era, sin tener respuestas a sus preguntas, y sin decírselo a nadie para que no la tildaran de loca. Ni siquiera se lo comentó a su novio, ni porque este le gustaban las historias de fantasmas y extraterrestres. Nunca dijo nada. Pero sabía que alguien habitaba aquella casa y que por alguna razón solo ella sentía su presencia.

Sin embargo, el día de su boda, justo cuando se estaba maquillando, vio una sombra cruzar por frente del espejo donde ella misma se estaba mirando. No quiso mirar hacia atrás para no espantar la imagen. Se veía borrosa, pero al menos pudo verla por un momento antes que se desapareciera. Aquella persona parecía que buscaba algo en el cuarto. No lo sintió intimidante, más bien era como si fuera alguien conocido. En esta ocasión se quedó en el ambiente un olor a perfume que no había percibido antes y que no era el que ella se había rociado. Terminó de maquillarse y dejó entrar al fotógrafo para empezar la sesión de fotos de boda, no sin antes sentir que por fin podía confirmar que estaba lejos de la locura.

Sus visitas a la casa de su madre habían mermado a una vez por semana. Entre sus dos hijos, su esposo y su trabajo de asistente en una cafetería, no le daba tiempo para visitar más frecuentemente. Cada vez que visitaba sentía que algo raro sucedía en la casa. Era como si más personas vivieran allí, podía percibir cuando pasaban cerca de ella sin que nadie estuviera físicamente en aquella casa. Nunca le dijo nada a su madre ni a su nueva familia. Siempre pensó que vivía aquellas experiencias porque era especial ya que nadie más comentaba sobre sentir lo mismo que ella.

Pasaron varios años desde aquellos encuentros paranormales. Su madre había fallecido y ella heredó aquella casa que tantos recuerdos le traía. A veces se sentaba en su antiguo cuarto para tratar de sentir aquellos pasos o la presencia de aquellos cuerpos, tal vez, ver algún reflejo en un nuevo espejo. No volvió a sentir nada más.

Un día, estando sola en la cafetería, llegó un cliente que no era regular. Al sentir su presencia, tuvo el deseo de preguntarle de dónde era. Usualmente ella atiende a los clientes sin hacer mucho contacto visual, pero esta vez se detuvo a mirar a esta persona.

Él se sorprendió cuando ella le hizo esa pregunta ya que solo quería comprar el café y seguir su camino, pero ella le preguntó como si lo conociera de algún lugar. Tomó el café entre sus manos, y al sentir el caliente excesivo que sobresalía preguntó si le podría dar una servilleta. Ella se la entregó, y volvió a preguntarle de dónde era.

—Soy de Howard Beach —le contestó con poco ánimo de comenzar una conversación.

—¡Oh! yo también... —Ella respondió con los ojos muy abiertos y una sonrisa de curiosidad. En ese momento hablaba aquella niña de 9 años que sintió aquellos pasos caminar por su cuarto.

—Vivía entre la calle 83 y la avenida 163.

—¿En serio? no puede ser. —Su corazón comenzó a latir rápida mente, y se puso muy ansiosa.

Ella quiso indagar más sobre aquel hombre que le parecía conocido.

—Yo me crie en esa área. Hace un par de meses volví a vivir ahí. Es la casa azul que está en la misma esquina de la 163.

—Exactamente ahí vivía yo, wao que interesante.

—¿En qué año viviste ahí?

—Del '72 al 95. - contestó él, esta vez con cara de asombro.

—Yo también…

En ese momento su piel se puso pálida y sus manos frías. Como si de pronto estuvieran presentando una película sobre su vida, empezó a recordar todo. De momento sintió miedo, pero pronto reconoció aquel perfume que había olido en su cuarto en aquella época de estudiante.

—¿Entonces eras tú? —preguntó él.

***

Luis Antonio Rodríguez (Laro), científico ambiental, fotógrafo, productor, presentador, escritor y gestor cultural. Su trabajo creativo ha sido reproducido por diferentes bitácoras y páginas cibernéticas. Tiene tres poemarios publicados: *Entre la sombra y el albedo* (1996), *Versos clandestinos* (2001) y *Amor de superhéroe (2016).* En el 2017 publicó su primer libro de cuentos: *Rush Hour y otros relatos para leer en tren.* Es miembro de varias directivas, tales como Academia Norteamericana de Literatura Moderna Internacional- Cap. Nueva York, *The Latin American Cultural Heritage Inc., Hispanic/Latino Cultural Center of New York, Inc., Latino Poet New York* y Consortium Cultural-Puerto Rico. Actualmente, Laro vive en Nueva York y trabaja para la Agencia Federal de Protección Ambiental (EPA), donde se desempeña como Científico Ambiental en la división de Agua Potable.

Wall Street

José Luis Reyes

Una de las películas favoritas de Joseph es *Taxi Driver*. La habrá visto unas quince veces, pero nunca en su vida pensó que iba a emular a su protagonista Travis Bickle. Manejar por las siempre atestadas calles de New York City, recogiendo ejecutivos de Wall Street, narcos, políticos, estrellas de Hollywood, pandilleros y turistas del todo el mundo, te enseñan que cada individuo o cada pasajero es un mundo por descubrir. Al menos Joseph entendió que trabajar para Uber la experiencia podría ser gratificante y peligrosa a la vez. Si no pregúntenle a Robert de Niro.

Uno de esos memorables días, Joseph recogió, cerca de Walt Street, a cuatro ejecutivos; dos de ellos de mediana edad y los otros dos mucho más jóvenes. Los recogió justo en el corazón de The World Financial Center, en las esquinas de Vesey Street y West Street. El chofer de Uber se estacionó en el lugar, abrió la maletera con el botón automático, se bajó del SUV y saludó cordialmente a los pasajeros. El más llamativo de los ejecutivos tenía unos 55 años, portaba un elegante terno azulado y una corbata amarilla. Era intimidante pues era alto como un basquetbolista y poseía un tórax ancho y una cabellera rubia que se movía al ritmo del viento.

"Sube mi equipaje", le ordenó a Joseph.

Joseph en principio vaciló y pretendió no escuchar aquella voz carrasposa, pero inmediatamente hizo contacto visual con el mastodonte, como sugería una de las recomendaciones de Uber. Los ojos azules del gigante tuvieron que cambiar de dirección y los otros pasajeros observaron la escena y subieron sus propias maletas. Joseph, sin embargo, tuvo que ayudar a subir su equipaje a uno de ellos, un individuo obeso, rollizo y jadeante.

—¿Qué clase de servicio brinda Uber? Se quejó el que parecía ser el líder de los ejecutivos.

Para suerte de Joseph fue el más joven quien se sentó en el asiento del copiloto. Todos se acomodaron, se ajustaron los cinturones de seguridad y partieron al aeropuerto John F. Kennedy.

—Nos dirigimos a American Airlines —me recordó el joven de pelo rojizo y con un rostro salpicado de pecas muy invasivas.

—Ok Terminal 8, confirmó Joseph.

El viaje no debería ser muy prolongado, sólo unas 19 millas

nos separaban de su destino, pero eran las dos de la tarde. La hora punta. Todas las vías al JFK están taponadas. La aplicación *Waze* advirtió a Joseph que el viaje iba a demorar 90 minutos, en el mejor de los casos, si circundaban la Bell Parkway.

—No lo puedo creer: soportar a estos banqueros por hora y media va a ser interminable, pensó Joseph.

Entendiendo que a estos empleados de Wall Street les gusta escucharse a sí mismos, Joseph bajó el volumen de la radio y enrumbó. Mientras cruzaban el túnel de Batery Park empezó un jugoso diálogo entre los ejecutivos.

—Justin ¿cómo te ha ido en tu segundo año de la compañía? preguntó el gigante.

—No me ha ido mal. He logrado ganar, hasta ahora, cerca de 3 millones de dólares.

—Se podría decir que no está mal para un principiante. Sigue adquiriendo experiencia y te irá mejor.

—Considero como una miseria la cantidad que he ganado. Yo quiero hacer más dinero y estoy trabajando para eso.

Los otros ejecutivos escuchaban pasmados el diálogo. Uno de ellos interrumpió la conversación y quiso cambiar el tópico hablando sobre los juegos acrobáticos de Lebron James de la NBA. No tuvo suerte.

—Es bueno ser ambicioso y entusiasta. Se nota que te gusta tu trabajo, pero nadie gana millones de dólares sin esfuerzo. Tienes que conocer y entender el mercado y eso conlleva tiempo y esfuerzo.

—Yo quiero ser exitoso como Houston. La semana pasada tuvimos una reunión en el bar *Ulysses* con Houston y parte de su equipo. Él nos reveló, después de varios tragos, que gracias a su gruesa cartera de clientes ya había logrado ganar 54 millones de dólares. Y recién estamos en agosto. Yo, definitivamente, quiero ser como él.

—La carrera de Houston es impresionante y todos los sabemos. ¿Te has preguntado de dónde viene las ganancias de Houston? ¿Por qué gana tanto dinero?

—Creo que es un genio. Eso dicen todos.

—Esa respuesta me alivia pues muestra tu falta de experiencia y tu ingenuidad.

—No entiendo. ¿Por qué es tan malo ganar mucho dinero?

—Cuando llegaste a esta financiera no entendías cómo se maneja la información privilegiada. Y entiendo que sigues sin hacerlo. El dinero puede tener buena y mala procedencia.

—¿Qué quieres decir?

—Que el dinero, del que Houston hace alarde, proviene de esos mercados oscuros, de lo que yo te sugeriría que te alejes. Ya no quiero seguir hablando pues tenemos una misión en Londres persiguiendo el dinero limpio y bien habido.

Los otros tres silenciosos ejecutivos miraban en diferentes direcciones, nada los conmovía. El joven que había recibido la reprimenda de su vida, tenía su rostro encendido, abrió la ventana a pesar que el aire condicionado estaba enfriando lo suficiente. El líder del grupo expuso un último y contundente argumento.

—Es posible que exista algún indígena de alguna selva remota que no entienda, que aún no sepa que las cosas no funcionan como están previstas.

Joseph estaba irreflexivo con toda la información que había recibido de estas mentes brillantes. El diálogo fue intenso y el maestro se dirigió a sus alumnos con fiereza. Ya se acercaban a su destino. *Waze* envió una señal a Joseph que indicaba que el aeropuerto estaba a sólo cinco minutos de distancia.

Cuando arribaron al Terminal 8, Joseph se estacionó frente a las oficinas de American Airlines. Los ejecutivos salieron con los rostros comprimidos, tratando de no hacer contacto entre ellos, se estiraron, murmuraron y recogieron sus maletas. "Y pensar que tendrán que estar juntos otras siete horas durante su vuelo a Londres", se inquirió Joseph.

El taxista se dirigió al estacionamiento de Uber del JFK. Ahí tenía que hacer una fila por orden de llegada. Uber le envió la información a través de la aplicación que era el número 135 en la inmensa fila cibernética. Eso significaba esperar más de tres horas y Joseph decidió salir del aeropuerto y seguir trabajando en las calles de Queens. Salió del terminal aéreo por la Van Wyck Expressway, hasta llegar a Linden Boulevar. Ahí hizo una izquierda y se estacionó frente a un conocido deli "El Caribe", donde ordenó un desayuno dominicano compuesto de mangú, dos huevos fritos, queso frito, salchicha y un café negro.

Joseph no podía olvidar aquella conversación. ¿Cuáles serán esas informaciones privilegiadas de las que hablaba el grandulón? Hablaron de millones y no dejaron ni un sólo *penny* de propina. Mientras injería su desayuno rico en grasas, desde su radio se descarga una de sus canciones favoritas; "Escalera al Cielo" de Led Zeppelin. Esa música le devuelve la energía perdida y elevaba su espíritu. Es como si estuviera perdido, pero cuando escucha a Robert Plant y a Jimmy Page recobra su serenidad y se olvida de esos pasajero fatuos y presuntuosos. La canción brota sonido y poesía:

Y vamos como el viento en el camino.
Nuestras sombras son más altas que nuestra alma.
Ahí va una señora caminando que todos conocemos,
Que brilla con luz blanca y que nos quiere mostrar
Cómo todo aún se convierte en oro.

La hermosa y sobrecogedora guitarra de Jimmy Page fue interrumpida por otra llamada de Uber. Joseph salió del trance que le había infligido "Escalera al Cielo" y tomó de nuevo el timón. A tres minutos de distancia Joseph tenía que recoger a Billy, cerca de un pequeño estadio de fútbol, en el sur de Jamaica. El lugar indicado era una de las zonas más pobres del barrio. Las casas estaban semi destruidas, el pavimento de las calles y pistas hundidas y rodeadas de pequeñas acequias. Billy se acercó a Joseph y le dijo:

—Dame unos tres minutos, por favor. Somos cuatro personas.

—No hay problema. Pondré en la aplicación que ya empecé el viaje.

—Excelente. Adelante.

Joseph esperó por unos diez minutos. Sospechaba que Billy era un foráneo. No pertenecía a este barrio. El lugar era un distrito habitado, sobre todo, por afroamericanos e hispanos de extrema pobreza. Y Billy era todo lo contrario a esa descripción. Era blanco, no muy alto, tenía una calvicie pronunciada, ostentaba una nariz griega y por sus maneras se distinguía como un hombre educado. En principio Joseph se sobresaltó por el escenario, estaba un tanto confundido, hasta que Billy se acercó al taxi acompañando a una mujer muy atractiva. Ella era rubia de pelo corto y muy elegante. Todos subieron a la camioneta haciendo reverencia a aquella dama que Joseph parecía reconocer.

—No lo puedo creer es Cynthia Nixon, exclamó para sus adentros.

Y preguntó

—¿A dónde se dirigen?

—Vamos al Soho, respondió Billy.

Era sabido que, en ese momento, Cynthia Nixon estaba disputando la candidatura demócrata para ser Gobernadora del Estado de Nueva york. Estaba retando al actual portador del cargo, Andrew Cuomo, un político nacido en el condado de Queens bastante popular. Él es considerado un demócrata liberal, pero no lo suficiente para un sector importante de Nueva York. Cynthia Nixon, para sorpresa de Joseph, representaba el ala izquierdista de los demócratas. Y pensar que fue una de las protagonista de la serie *Sex in the City*.

—Este grupo comunitario es muy activo y tenemos que apoyar más a sus dirigentes, remarcó Cynthia Nixon.

—Ya tengo los contactos y he invitado a dos de los dirigentes a la oficina de Brooklyn para que nos apoye en la campaña, dijo Billy

Los otro dos miembros de la campaña que escoltaban a Cynthia, le daban detalle sobre los últimos acontecimientos en la política de los Estados Unidos. Hasta que Joseph no se resistió e intervino.

—Mucho gusto en conocerla. Mi nombre es Joseph Altamirano y quería hacer le una pregunta.

—¿Sabes quién es ella?, se apresuró Billy tratando de contener a Joseph.

—No hay problema, déjalo que pregunte. Adelante por favor, dijo Cynthia.

—Sí, por supuesto que sé quién es. Usted es Cynthia Nixon y sé que está candidateando por la nominación demócrata para la gobernación de Nueva York. Además la conozco porque es una actriz famosa.

—Muy bien Joseph pregunta lo que quieras, avaló la actriz

—Cómo usted lo puede confirmar yo soy taxista de Uber, pero además soy profesor Adjunto del CUNY. Eso le puede indicar que mis pobres ingresos como profesor me obligan a ser taxista en mi tiempo libre. ¿Qué ofrece su candidatura a los miles de alicaídos profesores del CUNY?

—Nosotros estamos en permanente contacto con el sindicato de profesores del CUNY y asumimos como nuestra plataforma, la demanda de un pago de 7 mil dólares por clase.

—Qué bueno. Al parecer el actual gobernador es poco empático con los profesores adjuntos.

—No sólo con los adjuntos, con toda la población diría yo.

—Quisiéramos invitarte a nuestra oficina, dijo Billy.

—Con muchos gusto.

El diálogo continúo sobre política y el potencial de las ideas de izquierda en New York City. Hubo una suerte de acercamiento ideológico entre Joseph y Cynthia Nixon. La organización de Cynthia tenía su cuartel general de campaña en el Soho, Manhattan. Todos los pasajeros bajaron de la camioneta y Joseph aprovechó para tomarse un *selfie* con Cynthia. Billy le entregó su tarjeta personal.

—Llámame cuando quieras y si puedes visítanos, se despidió Billy.

Joseph se había despedido de Cynthia con un abrazo y beso

en el cachete. Ahora podría jactarse de haber besado a una actriz de Hollywood. El taxista de Uber no podía creer estas dos insólitas experiencias en menos de tres horas.

Sólo me falta recoger a un enfermo mental o a una prostituta para mejorar el guion de Taxi Driver. Mientras manejo, se me aparecen imágenes de la película y la fulgurante presencia de Travis. Juntos escuchamos aquella melodía, el suave Jazz de Bernard Herrman que acompaña a Travis en su recorrido por las lluviosas y ardorosas calles de Nueva York. Yo tengo lo mío: Led Zeppelin. Con su música pudo estar frente al volante todo el tiempo que sea necesario - resumió su día.

Un embelesado Joseph yace en la calle Greenwich. Son las seis de la tarde y los transeúntes están copando las aceras. Los bares empiezan a ser abarrotados por ávidos clientes y el tráfico lo obstruye todo.

"Bueno trabajaré un par de horas más y ya. Me siento agotado", piensa Joseph. Espera con entusiasmo su próxima experiencia. La llamada llegó; "recoger a Miranda del Platinum Dolls Gentlemen's Club", ordena Uber. "¿Quién y cómo será Miranda? Allá voy", rugió Joseph.

***

José Reyes. Peruano de nacimiento. En mi condición de periodista trabajé en diferentes unidades de investigación por diez años. En 1997 llegué a la Ciudad de Nueva York. Estudié en York College (CUNY) y luego obtuve mi maestría en Literatura Latinoamericana en el City College (CUNY). Actualmente soy profesor adjunto del Queensborough Community College. Estoy preparando un libro con cuentos donde expreso mi experiencia como periodista en Perú. Habitualmente colaboro con la revista *Hybrido* donde he publicado cuentos y algunas crónicas.

Paradise

Lea Díaz

Desde niño, mi vida ha estado ligada a los aeropuertos. Ese invariable trasiego de personas cargadas con sus equipajes que van y vienen; esa rica variedad de rostros -alegres, cansados o entristecidos- que esconden una historia singular, secreta, en ocasiones revelada a un desconocido, fugaz compañero de viaje; ese sonido neutro de los altavoces que anuncia el ansiado destino. Los aeropuertos son imagen de la vida en continuo cambio y movimiento, torrente de emociones y sorpresas.

Aquella mañana de otoño estaba indefectiblemente sentado, una vez más, frente a la puerta de embarque hastiado de las noticias banales y anecdóticas de los informativos. Fue entonces cuando escuché el contoneo musical de unos tacones lejanos seguidos de unos pasos menudos que avanzaban con torpeza. Alcé la vista. Una hermosa azafata vestida impecablemente de azul marino reconfortaba a un chico que no superaría los nueve años de edad. El muchachito tenía la cara asustada, los ojos lánguidos y apretaba con fuerza una mochilita decorada con motivos de animales de la selva africana. La escena me conmovió profundamente. A veces, el corazón tranquilo se estremece como si las lágrimas lo anegaran de melancolía. Mis ojos miraron atrás.

Al fin habíamos aterrizado. La azafata me acompañó hasta la zona de llegadas y se mostró muy solícita y atenta, sin permitirme que llevara la maleta ni un segundo. Un nutrido grupo de personas se congregaban para dar la bienvenida a sus familiares, recoger a un cliente y así cerrar un negocio, reencontrarse con un ser querido. Mi corazón comenzó a latir con más ímpetu, desbordado, y la busqué con insistencia. Noté una mirada clavada en mí, escuché mi nombre entrecortado de emoción. Solté mi mano de la de la azafata y corrí hacia ella. Mamá lloraba y al abrazarme casi me estruja.

Mientras conducía camino a casa, mamá me habló con aplomo.

—Noah, vamos a empezar una nueva vida juntos y necesito que me apoyes, pues tan sólo nos tenemos el uno al otro. Los comienzos nunca son sencillos. Tenemos que ser los mejores amigos.

Yo asentí y permanecí en silencio todo el trayecto, contemplando el paisaje que se divisaba desde el automóvil: laderas verdes, algunas montañas violetas se perfilaban en la distancia, campos de pasto, casas viejas de muros ennegrecidos. Me gustó el olor de la naturaleza agreste, mezclado de pino, flores y tierra.

Mamá pisó el freno, que chirrió de un modo espantoso, y detuvo el coche.

—¡Ahí está nuestra morada! —exclamó con una amplia sonrisa que dejaba entrever sus dientes blanquísimos perfectamente alineados.

Atravesamos un arco de piedra sin pulir con las letras *Paradise* grabadas. La casa, como el auto, se me antojó algo destartalada. Era una masía antigua y perdida que se alzaba sobre un modesto terreno. Recorrimos el huerto yermo que la circundaba. Antaño debía haber sido muy fértil a juzgar por sus dimensiones y por el hecho de que la finca rural siempre se había destinado al cultivo hortofrutícola. Es bonito descubrir. Hallé un columpio de madera desvencijada, un cobertizo donde dormían oxidadas herramientas y aperos de labranza. Decidimos entrar. El interior era austero, propio de una granja agrícola: suelos de barro, una cocina de gas espaciosa con horno de pan y despensa, varias butacas en torno a una chimenea, unas sencillas alacenas, la mesa y las sillas de madera que pedían a gritos barniz... La armonía de ese ambiente arcaico que transportaba a otra época la rompían un cubo, una fregona, varios paños y otros productos de limpieza que mamá había abandonado por aquí y por allá. Me senté en una de las mecedoras algo pensativo, sumido en una extraña sensación de tristeza, quizás porque todo era mustio, vetusto, empolvado; quizás por el vacío que inspiraba la casa, falta de calor, de sabor a hogar. Sentí ganas de llorar. El sol entraba tibiamente por un ventanuco redondo descolgado de las altas paredes. Iluminaba la figura esbelta y delicada de mamá. Acariciaba dorado sus ojos inmensos de chocolate, la tez nívea salpicada de pequitas sobre su naricita de fresa, los cabellos alborotados de miel castaña. Estaba bellísima y su semblante rutilaba tal vívida satisfacción que no dije nada. Sólo se me escapó una lágrima.

La primera noche fui incapaz de conciliar el sueño. Mi nueva habitación se dibujaba enorme y siniestra. Convocaba ecos de aves nocturnas, la madera que rechinaba al cambiar de postura, el tic-tac del reloj de pared que marcaría la fatídica hora en que un fantasma envuelto en túnica de gasa blanca me llevaría para siempre a un mundo incierto. Es posible que las luces pálidas de nebulosa que dan paso al alba lograran arrancar en mí algo de valor. Sin pensarlo dos veces, corrí por el pasillo de forma atropellada hasta el dormitorio de mamá. La abracé aterido y dormí profundamente arropado por su cuerpecito frágil de muñeca de porcelana.

Sentí una leve sacudida y abrí suavemente los ojos. Era hora de levantarse. El olor a pan tostado, a huevos estrellados y a otras delicias matutinas sazonó mi despertar coronado por una luminosa sonrisa de buenos días que regalé a mamá. Mientras apuraba su café ella hizo énfasis en la importancia de la puntualidad y de la disciplina. No podía permitirse perder ese trabajo que tantos esfuerzos le había costado ganar. Ni corto ni perezoso, tomé una ducha de agua helada pues con las prisas no atiné a dar con el punto exacto de la temperatura y así, tiritando, me vestí con una ropita limpia que mamá me había dejado encima de la cama. A las ocho y cuarto, el motor del auto carraspeó y una humareda negruzca se diluyó entre la niebla espesa formada en las primeras horas de la mañana.

—Noah, en la mochila te he metido una pieza de fruta y una chocolatina para el recreo. También encontrarás los libros escolares, un cuaderno y lapiceros. La comida es en el colegio. Te recogeré a las cinco y media. No debes tener miedo de los otros niños. Tu ánimo debe ser generoso y optimista. Las cosas no saldrán bien sin un espíritu positivo. Ten esta máxima bien presente ante cada dificultad que vayas encontrando. Ya le he hecho saber a la profesora -Araceli Sotomayor, así se llama- que te incorporarías con tres semanas de retraso. Ahora vamos a relajarnos.

Dichas estas palabras mamá puso música de rock y comenzó a canturrear.

—Venga Noah, no seas soso -rezongó.

Entonces me extendió la armónica de papá y yo, henchido de júbilo, saqué unas notas que sonaron estridentes pero que aún animaron más el rostro rejuvenecido, de niña traviesa y alocada, de mi adorada mamá.

Pronto abandonamos la carretera comarcal y nos adentramos en la autopista que nos conducía a la urbe. El sol despuntaba cada vez más alto y disipaba las capas de niebla rosada. Avisté sobre un fondo celeste la ciudad de edificios espigados, que emergía bulliciosa por los anuncios publicitarios, los semáforos, el tráfico. Mamá apagó la música y pareció concentrarse. Circuló durante cinco minutos por las inmediaciones de una barriada industrial de las afueras. Las construcciones eran de consistente ladrillo rojo. A lo largo de las calles empedradas se repartían cafés, tiendas, puestos de fruta, carne y pescado. Adiviné diversas nacionalidades entre las gentes que transitaban camino al trabajo.

—Hemos llegado. ¡Vamos Noah, despabila!

Cogí la mochila, le estampé un beso en las mejillas de seda y salí despavorido. Una verja de hierro negro rodeaba un patio con canastas de baloncesto y porterías de fútbol. Observé cómo otros niños atravesaban una puerta encajada en la verja de hierro y luego cruzaban el área deportiva hasta alcanzar otro pabellón donde imaginé se desarrollarían las clases. Antes de dirigirme a las aulas, me volví y lancé una última mirada a mamá, que esbozó una forzada sonrisa en su afán por transmitirme aliento y ocultar su inquietud.

Anunciaron mi vuelo por megafonía y procedí al embarque, todavía embargado por los recuerdos. El avión no iba completo por lo que pude disfrutar de mayor espacio en los asientos. Procuré distraerme con la lectura de alguna revista, pero mis pensamientos divagaban y retornaron a ese primer día de clase en la nueva escuela, y a los muchos que siguieron, como una melodía que por fin se logra recordar a la que uno entonces se aferra.

No fue fácil para mí. Y sin embargo ahora añoraba aquel tiempo en el que mamá y yo nos convertimos en uña y carne, en una especie de supervivientes. Aquella casa deslucida, que precisaba de continuas reformas y reparaciones, y que convertimos en nuestro hogar. Aquel lugar que al principio me resultó hostil, al que hoy regresaba entusiasmado.

¡Ah! Suspiré mientras las escenas se pintaban desordenadamente en mi memoria. Los primeros meses no me desenvolvía bien con la lengua. Mamá me había enseñado el castellano de una forma natural, hablada, mientras crecía en el apartamento junto al parque Tompkins en la gran manzana, pero leía con dificultad y me sentía inseguro al hacer amigos. Para colmo, había salido a mi abuelo Peter, pelirrojo, desgarbado, pecoso y de piel tan clara, que el resto de los niños se acercaba a explorarme como si se tratara de un alienígena. Había chicos magrebíes, latinos y de color, pero ninguno con mis rasgos. Me sentaron en la última fila, junto a un ventanal desde donde me entretenía contemplando a los muchachos de otros grupos hacer gimnasia al aire libre, a las maestras que salían a tomar un bocadillo y compartían confidencias. Tras una semana en la que intercambié algunas palabras con Araceli Sotomayor, quien explicaba con dulzura la ortografía y la sintaxis, y me miraba de reojo con desasosiego, probablemente por mi actitud solitaria, una joven de ojos soñadores llamada Martina me invitó a jugar a los cromos. Y desde aquel día no dejé de sonreír.

Me esforzaba en los estudios y pronto los progresos dieron sus frutos. Ayudaba a mamá en las tareas domésticas y con los arreglos cotidianos, más bien chapuzas de luces, cuadros, cables. Los fines de semana nos dedicábamos a cultivar el huerto, pasear por los prados y los abetales que se perdían más allá de la masía como manchas infinitas de una estampa. Cocinábamos recetas de un libro amarillento que encontramos en la hosca biblioteca. Inventábamos cuentos, dibujábamos, tocábamos la armónica. Martina nos acompañaba con frecuencia. Esa rutina sencilla, tan distinta de mi vida anterior, me cautivó. En aquel momento, no lo sabía, pero era feliz. Papá llamaba los domingos. Durante esos minutos al teléfono evocaba esa otra época en el apartamento junto al parque Tompkins, que ya nunca más podría recuperar. Papá se había casado con la asistente de la galería. Al parecer sus cuadros se vendían bien y se habían mudado a un elegante edificio de Chelsea con portero, gimnasio, piscina interior y jardín en la azotea. Yo me reuniría con ellos, en vacaciones, año tras año, hasta que obtuve una beca en la Universidad de Nueva York y me trasladé a Manhattan.

Faltaban apenas 45 minutos para aterrizar. Me ajusté el cinturón. Todavía no había amanecido pero el cielo se incendiaba poco a poco desde la ventanilla del aeroplano. Cerré los ojos unos instantes. Me sentía como aquel niño que hacía quince años pisaba el mismo aeropuerto para iniciar una aventura. Mamá me estaría esperando. Aquel día también Martina. Los tres, junto a algunos becarios, sacaríamos adelante un diario que mamá acababa de fundar. El periódico se llamaba *La Voz de Levante* y pretendía sacar a la luz esas historias y personajes olvidados de la sociedad. Las luces se apagaron y el avión tocó tierra.

***

Lea Díaz es poeta, artista y académica. Lea pinta, toca el piano y escribe poesía y ficción desde que era una niña. Ha publicado dos libros de poesía. Sus poemas han sido recogidos en revistas literarias como "And Then", "The Independent Library Review", "Contemporary Literary Horizon", "Viceversa", entre otras. Ha participado en recitales y eventos literarios en la librería McNally Jackson, la biblioteca pública de Nueva York, el Club de Poesía Bowery, el Poetry Project NYC, en La Nacional NYC y en el Festival de Poesía de NYC. Es activista comprometida, ha presentado contribuciones en conferencias y mesas redondas defendiendo el papel que desempeñan las artes en los sistemas democráticos, desarrollando la noción de "democracia creativa". Lea se considera una Poetry Fighter y cree firmemente en la creación creativa poética y literaria, en la naturaleza transformadora de la Poesía y la Literatura, capaz de hacernos mejores personas y, por ende, de construir y crear una sociedad renovada, un orden superior más justo, honesto y compasivo.

Secundina Reyes

Pedro Santana

Cuando me enteré de la tragedia, quedé en shock. Confieso que aún se me revuelve el estómago de tan solo pensar en ello. Habían asesinado a Secundina Reyes, la mujer más bella de la región.

Hacía más de dos décadas que no la veía. Me fui lejos a estudiar. Desde entonces solo escuché rumores exagerados de su persona, por lo que siempre mantuve en mi mente su imagen de antes de partir.

A la sazón, Secundina parecía un ángel que había perdido sus alas para torturarnos con su sensualidad. Tenía yo solo catorce años cuando, una mañana, la observé lavarse la cara en el patio trasero de su bohío. Yo estaba monteando por los alrededores. Trataba de cazar un puerco cimarrón. Llevaba horas tras él. Me había detenido debajo de una mata de aguacates cuando la vi, olvidándome completamente del que sería mi cena. Secundina llevaba unos pantalones blancos de algodón, tan ajustados que parecía que la voluptuosidad de su juventud los reventaría. Tenía una blusa fina sin mangas, y los hombros desnudos. Acababa de soltarse el cabello, quitándose una cinta blanca que siempre los mantenía trenzados. Se lavó la cara y el agua se derramó sobre sus pechos rebeldes, capaces de sacarle los ojos a cualquiera.

Tengo que confesar que, desde aquel día, al igual que todo hombre que fijó su mirada en ella, nunca pude olvidarla. Por eso, al escuchar que le habían dado tres tiros y dos machetazos, no quería siquiera imaginar su hermoso cuerpo ahora malogrado. Tenía ya tres noches sin dormir cuando me dispuse a indagar sobre Secundina Reyes. La fantástica imagen de su hermoso cuerpo quebrado me atormentaba. Quería saber si tantas cosas que se decían de ella eran ciertas. Acababa de recibir mi jubilación como contable en el Banco Central y no sabía qué hacer con tanto tiempo a mano. Mi mente se había mudado al pasado; a aquellos días cuando el sol de la novedad aún brillaba constante en mi horizonte y el nombre de nuestra beldad se mantenía en boca de todos.

Leí varias veces el artículo en el periódico. Rebosaban las preguntas sobre lo ocurrido. ¿Quién habría cometido el horrendo crimen? Habían detenido a su exesposo, Manuel Santana Bobadilla.

Decían las malas lenguas que el hombre aún resentía que ella lo hubiera abandonado por el general Eduardo Saldaña. Aunque el hecho de que también hubieran matado al hijo de ambos hacía más complejo el asunto.

Llegué a Hato Mayor del Rey entrada la tarde, y después de dejar mis cosas en un motel, me dirigí a la taberna. Ya me habían dicho que el tipo del bar, por unas cuantas monedas, podría ayudarme.

El ambiente estaba cargado del humo denso que expelía el cachimbo del cantinero, un hombre de cabello plateado y rostro zanjado, que mientras despolvaba el local no cesaba de fumarlo.

Me senté en una butaca en el bar y le pedí un trago de ron, al tiempo que depositaba un cuarto de real sobre el mostrador.

«Ahora mismo», dijo. Tantos años sirviendo tragos y viendo gestos, pues ya sabía cuando alguien necesitaba información.

«Secundina Reyes», le dije, poniendo otra moneda frente a él.

De un solo movimiento, la desapareció. Luego secó el mostrador con una lanilla que mantenía todo el tiempo sobre su hombro. Descansó frente a mí un vaso de vidrio y sirvió en él un trago doble de ron blanco. Miré a mi alrededor. Era el único cliente en el lugar. «Gracias», dije, y me tomé un largo trago del aguardiente.

«Secundina tenía que terminar así», dijo. «Esta mañana liberaron a su exesposo por falta de pruebas. Dicen que el pobre hombre está muy triste con la muerte de su muchacho. Todo el mundo sabe que siempre ha sido un padre para sus hijos, lo que hace muy difícil que sea el asesino. Como le decía», continuó, *«el que a hierro mata a hierro muere*; y eso no es un dicho nada más. Hace algunos años Secundina mató por celos en una trifulca a Amelia Astasio. Por esta razón estuvo presa en la Torre del Homenaje, en Santo Domingo. Ese sí que fue un vil asesinato. Desde ese día, por aquí nada volvió a ser lo mismo. Primero fueron los disturbios. Porque de que Secundina tenía mucha gente, nadie puede negarlo. De todas esas lomas por los alrededores bajaron gavilleros a apoyarla. Meses después, cuando salió de la cárcel, fue que conoció al general Saldaña, quien llegó al pueblo como su guardaespaldas, contratado por su marido, y que al poco tiempo se convirtió en su amante. Eran días intensos aquellos. Todo el mundo andaba mosca. Una noche de esas, su hija Adriana había salido a escondidas a verse con un enamorado. Sería alrededor de las tres de la madrugada cuando escuchó ruidos en el maizal detrás de su ventana. Secundina dormía siempre con su revólver cerca. Se levantó de un salto y, arma en mano, salió al patio.

¿Quién vive?, preguntó con voz helada. Ella acababa de matar a alguien y sabía que tenía que cuidarse. Llevaría mil veces la sangre a otra casa antes de que llegase a la suya.

Bajo la luz de la luna, vio una sombra moverse. *No me van a joder así de fácil*, pensó, apuntando el arma. Jaló el gatillo. El fogonazo alumbró la noche. A esas horas que el silencio reinaba, sonó como un cañonazo. Se escuchó un leve quejido y luego un sonido seco al caer la sombra como un fardo sobre las hojarascas. Con pulso firme caminó hacia donde había provenido el quejido. Lo primero que reconoció fue la mata de cabellos rubios de Adriana. Tenía un disparo en el estómago.

¡Muchacha de la mierda, qué has hecho!, gritó tumbándose a su lado. La gente empezaba a prender las antorchas y a salir de su bohío. Todo el mundo se estremeció con el suceso. Secundina había matado a su propia hija. Hay que añadir que ni por este hecho ni por ningún otro, la vieron llorar.

Para cuando cumplió los cuarenta años se había convertido en una mujer amargada, con un temperamento explosivo. Desde aquella noche fatídica, fueron muchos los hechos crueles de Secundina. No hace mucho tiempo que a uno de sus peones se le ahogaron unas reces; y ella se aseguró de meter, ella misma, al pobre hombre al río para que se ahogara junto con sus animales. Dicen que se excitaba peleando y que después de una contienda su marido tenía que estar cerca para cogerla, porque si no, buscaba cualquier otro macho que le bajara la fiebre. Eso sí, tenía que tener cojones. No le gustaban los pendejos. Por eso se enamoró como una loca del general Saldaña, porque ese sí que es un hombre guapo. Cuando los yanquis invadieron, hace más de una década, ella fue de las primeras que salió a enfrentarlos. Por aquel entonces, su grito de guerra se hizo famoso. Dicen que su voz sonaba como un vendaval, mientras galopaba disparando su revólver: ¡*Aquí viene Secundina Reyes, coño!*»

Mientras el viejo hombre hablaba casi con odio, continuaba sirviéndome ron. Por mi parte, estaba embelesado con la historia.

«Aunque quieran oscurecer su muerte, todo el mundo sabe que Secundina murió guerreando. Ese día regresaban del Seybo. Trasladaban cuatro cabezas de ganado. La bregada mujer iba al frente y su hijo en la retaguardia. Acababan de cruzar la cañada en tierra de don Raúl cuando escuchó los disparos. Vio al muchacho caer, desde lejos. Sabía que lo habían matado. Pudo haber escapado, pero prefirió enfrentar a los asesinos a costa de su propia vida. Azuzó su corcel en dirección a los atacantes. Montada de lado, descansaba una sola pierna en su silla galápagos. Era una gavillera experimentada en el combate. Estos no serían ni los primeros ni los últimos desgraciados que ella enfrentaría. A todo galope, desenfundó su rifle. Pensó en su muchacho; el único hijo que le quedaba. No podía huir, dejándolo allí tirado. El contundente golpe en la cabeza no lo vio venir. Fue con una vara larga que la tumbaron del animal. Aún estaba semiconsciente cuando recibió el primer machetazo.

Esto es por Amelia, dijo el hombre, al tiempo que levantaba de nuevo el machete. A su lado, otro hombre de cabellos plateados y rostro zanjado sacaba su revólver. Así le llegó, al fin, a Secundina la Justicia Divina», terminó diciendo el cantinero con ojos humedecidos mientras me servía otro trago.

Una hora más tarde, un tanto beodo, salía de la taberna. Había cumplido mi cometido. Necesitaba dormir para digerir todo. Luego supe que el cantinero era el padre de Amelia Astasia, la mujer que por celos Secundina había matado.

***

Pedro Santana, Puerto Plata, República Dominicana. Escritor, empresario, reside en Estados Unidos desde su adolescencia. Ha participado en varios eventos literarios en New York, New Jersey y la República Dominicana. Mantiene un perfil literario activo en redes sociales y eventos culturales. Ha publicado *Cristales rotos* (novela, 2018) y su versión en inglés *Broken crystals* (2019). *La muerte del colibrí* (cuento, 2020). Actualmente trabaja en el lanzamiento de su segunda novela: *Lo que el*

www.ingramcontent.com/pod-product-compliance
Lightning Source LLC
La Vergne TN
LVHW090946080826
845145LV00003B/909

9781952336102